KB237157

그러니 내가 어찌 나를 용서할 수 있겠는가

김연경은 1975년 경남 거창에서 태어나 서울대 노어노문학과를 졸업했다. 1996년 『문학과사회』 여름호에 단편 「『우리는 헤어졌지만, 너의 초상은』, 그 시를 찾아서」를 발표하며 문단에 나온 뒤, 소설집 『고양이의, 고양이에 의한, 고양이를 위한 소설』(1997), 『미성년』(2000) 등을 펴냈다.

김연경 소설
그러니 내가 어찌 나를 용서할 수 있겠는가

펴낸날_2003년 2월 28일

지은이_김연경
펴낸이_채호기
펴낸곳_(주)**문학과지성사**
등록번호_제10-918호(1993. 12. 16)

주소_서울 마포구 서교동 363-12호 무원빌딩(121-838)
편집_338)7224~5　FAX 323)4180
영업_338)7222~3　FAX 338)7221
홈페이지_www.moonji.com

ISBN 89-320-1394-2

그러니 내가 어찌 나를 용서할 수 있겠는가

김연경 소설

문학과지성사
2003

차 례

서(序)를 대신하여

— 지옥을 선택한 이유는?

— 내가 알고 있는 유일한 공간이니까.

— 자살 동기는?

— 영혼의 평온을 얻기 위해서 혹은 이 세상에 넘쳐나는 구원이 내게도 가능한가를 점치기 위해서.

— 그 행위의 유아성을 인정하는가?

— 내 행위와 의식의 유아성에 대해서라면, 누구보다도 나 자신이 더 잘 알고 있다.

— 고백록, 혹은 자술서를 제출하라.

— 어떻게?

— 원하는 방식으로.

— '사랑해.' 그리고.

— 다시 시작하라.

— '사랑해.' 그러나.

— 당신의 첫마디가 꼭 그것이어야 한다면 납득할 만한 근거를 제시하고, 접속사에 부합하는 두번째 문장을 말하라.

— '사랑해.' 그러므로.

— 주체와 객체를 명시하라. 접속사 이후 두번째 문장을 말할 수 없다면 접속사를 삭제하라.

— '사랑해.' 나는 어느 날 새벽, 어둠이 자욱한 가운데, 기계 문명 속에서 살아남은 고풍스러운 전설처럼 흘러나오는 그 말을 들었고, 그러기에, 나의 삶은 억압받고 있다.

— 장황하고 비논리적이다. 쉼표는 모조리 생략, 핵심만 얘기하라.

— 모든 것이 다 핵심이거나 아니면 모든 것이 다 부수적이다.

— 자신의 논리를 합리화하려면 보다 철저하라.

— '사랑해,' 여기에 합리성 따윈 없다. 오직 '불

가피성'에의 인식과 수용이 있을 뿐이다.

— 다시 한 번 말한다, 요점만 말하라.

— 당신은 말이라는 것에 요점이라는 것이 있다고 생각하는가, 시작과 끝이 있다고 생각하는가?

— 의문문은 피하라.

— 그렇다면 내게 오직 진술할 권리만을 주는 것인가? 그렇다면, 어쩔 수 없이 이곳에는 통성화된, 혹은 중성화된 3인칭만이 존재한다. 달리 말하면, 상황에 따라 언제든지 3인칭이 될 수 있는 1인칭과 2인칭만이. 이 어처구니없는 공간에서, 우연히 나의 소설 속에 발을 들여놓은 당신의 자리는 어디일 것 같은가?

지루한 말들

1996년 9월 월요일 저녁 7시, 나(너)는 작은 방의 업무용 책상 앞에서 그의 전화를 받는다. 그는 그렇게 공식적으로, 상식적으로 나(너)를 찾아온다.

저는 자살을 할 겁니다.

그는 말하기 시작한다. 나(너)는 직업적 의무감과 사명감을 가지고 그의 말을 경청하기 시작한다. 왜냐하면 그는 자발적인 정신병자로서 말을 통해 자기 검열을 하고 싶어하고 나(너)는 전화 앞에서 그를 기다리는 카운슬러니까.

아니, 정확히는 '자살 미수'를 성공시킬 겁니다. 오랫동안 이 생각을 했습니다. 처음엔 그냥 막연히 죽고 싶다, 였지요. 사실 이 말은 지극히 일상적인 언어가 아니겠습니까? 하지만 어느 순간부터 이 말을 실행에 옮기지 않으면 안 된다는 생각을 하게 됐답니다. 열심히 기회를 엿보고 있었지요. 이제 거의 때가 된 것 같습니다. 저는 어떻게든 이 의무를 이행해야 합니다. 기억하십시오, 이건 단순한 유희나 충동, 사치스러운 욕망이 아니라, 의무라는 것을. 이것을 실행에 옮기지 않는다면 저는 고약한 배반자가 되는 것입니다. 저 자신에 대한, 저 자신의 욕망에 대한 배반자 말입니다. 왜냐고요?

그는 냉수라고 짐작되지만 확실히 단정 지을 수는 없는 뭔가를 마신다. 나(너)는 전화선을 타고 온, 그의 목구멍으로 넘어가는 액체의 움직임을 감지한다.

저는 오랫동안 고통을 호소해왔습니다. 이대로는

도저히 살 수 없다고, 세상이 내겐 왜 이렇게 힘드냐고. 물론, 다분히 엄살이었겠지요. 이렇게 엄살을 떠는 와중에 때론 소설이 나오기도 했습니다. 하지만 견고하지도 진지하지도 못한 싸구려 인간의 소설이란 별 볼일 없는 것이지요, 사실. 그걸 알고서 저는 일찌감치 정리를 했습니다. 구태여 소음과 공해를 만드느니 차라리, 조용히 침묵하는 게 낫겠다는 확신에 다다른 것이지요. 제 존재 자체에 대해서도 그런 식으로 생각하게 됐답니다.

그는 한참 동안 휴지를 둔다. 나(너)는 투철한 직업의식으로, 이 침묵을 견딘다. 아니, 나(너)의 직업이, 나(너)로 하여금 바로 이러한 인내력과 연기력을 주는 것이다.

해서, 동맥을 끊기로 했습니다. 피가 빠져나가는 것, 호흡이 잦아드는 것, 잠이 밀려오는 것, 그리고 삶에 대한 빌어먹을(죄송합니다) 집착이 사라지는 것. 목을 맨다거나 물에 빠진다거나 고층 건물에서 뛰어내린다거나 하는 방법 대신 동맥을 끊는 쪽을 택한 것은 이것이 육체적 생명의 소멸과 삶의 모든 욕망, 집착의 소멸을 가장 잘 형상화해준다고 생각했기 때문이죠. 사실, 동맥이 아니라 정맥이었지만. 더러운 피가 지나가는 정맥과, 심장에서 막 뿜어져 나온 생생한 피가 지나가는 동맥은 엄연히 다른 것이지요. 그렇지만 저는 편의상 두 가지를 구분하지 않겠습니다. 검지가 엄지 밑에 바로 와 닿도록 주먹을 세게 쥐고, 손목을 안쪽으로 구부리면, 팔뚝 위로 굵은 선이 하나 튀어나옵니다. 정맥(동맥)이지요. 그걸, 질이 좋은 칼날로 베기만 하면 되는 겁니다. 아시다시피 온수가 있으면 좋아요. 팔을 거기에 담그면 따뜻하고, 칼날이 닿는 순간의 아찔함 외엔 고통도 없거든요. 오히려 기분이 좋습니다.

직접 경험을 했냐고요? 하하하. '제대로' 경험을 했다면 이렇게 당신에게 전화를 드렸을 리가 없지요. 바로 지금, 막 그 유사 경험을 했답니다. 철저하게, 아주 우스꽝스럽게 실패했지만. 100원짜리 '도루코칼'(아시죠, 전엔 50원이었는데 이젠 100원이 됐더군요), 그러니까 새까맣거나 하얀 플라스틱 껍데기 속에 감춰진, 비교적 예리해 보이는 칼날이면 혈관 정도는 거뜬히 자를 수 있으리라고 생각하고 며칠 전에 그놈을 길들였습니다. 혈관의 위치, 칼날이 닿을 위치, 방향, 강도 등을 천천히 조절해왔지요. 지금 팔뚝엔 자잘한 선들이 많이 그어져 있어요. 어제는 물대야가 놓일 위치까지 점찍어두었답니다. 어떤 자세로 누울 것인가, 팔을 어떻게 떨굴 것인가, 팔목은 어느 정도 잠기게 되는가. 이런 제반 요소들을 감안하여, 가장 적당한 곳에 대야를 놓을 것이었습니다.

마른침을 다시는 소리. 그리고, 물인지 술인지, 좌우간 액체가 목구멍으로 넘어가는 소리.

마침내 오늘, 저는 실행을 하기로 했습니다. 조그만 대야에 적당히 데워진 물을 담아서 침대 옆에 놓았습니다. 찻주전자에 물을 끓였지요. 그전에 전화 코드를 뽑고 창문을 잠갔습니다. 칼과 물이 준비되자, 문까지 잠갔습니다. 하지만 불은 끄지 않았습니다. 사태의 흐름을 분명히 파악하기 위해선 의식이 명료해야 하고 그러기 위해서는 아무래도 주위가 밝은 것이 좋을 테니까요.

나(너)는 그가 자기 자신을 보다 잘 노출할 수 있도록, 보다 더 자연스럽게 배설을 할 수 있도록 도와준다. 지금 전화를 거신 분께서는, 자살의 순간에 공간과 의식이 밝아야 된다고 얘기하셨는데, 그건 삶에 대한 집착을 의미하는 것이 아닐까요? (예상되는 대답: 예) 그렇다면, 결국 삶의 연장선 위에서 죽음을 생각하는 것일 텐데, 어쩌다가 이런 생각에 이르셨습니까? 이런 식의 부추김. 자살에 대한 생각(나〔너〕는 차라리 '망상'이나 '미친 짓'이라고 말하고 싶다)은 물질적 풍요와 육체적 나태에서 비롯된 것이 아닐까요? 이런 식의 다소 자기 폭로적인 찌르기. 이 정도 했으니, 나(너)는 한쪽이 확실하게 뚫려서, '여기'로 들어온 것이 '저기'로 술술 흘러가버리는 온순한 귀를 가지고서 이 자리를 지키면 된다.

사치라고요? 배가 불러터진 못된 돼지의 간교하고 추악한 허영이란 말씀이죠? 정말 죽고 싶었다면, 그런 것들이 무슨 소용이 있겠느냐고 물으시겠죠. 맞습니다. 말하자면, 저는 그저 '미수'에 그치고 싶었던 겁니다. 하지만 실제로 상황은 훨씬 더 희극적이었습니다. 며칠 동안 훈련해온 대로, 손목에 힘을 주고, 불끈 튀어나온 혈관에 칼을 댔습니다. 그리고 꽉 그었지요. 젠장(죄송합니다), 그놈의 멍청한, 그 벙어리 탁발승, 싸골탱이, 호랑말코(이런 단어는 사전에도 없겠죠, 아마), 벙어리 땡중 같은 도루코 칼날이, 도톰한 혈관 위에서 그만 멎어버린 겁니다. 물 속으로 선연한 붉은 피가 번지기에 처음엔 성공한 줄 알았지요. 하지만 피는 얼마 나오다가 멎어버리더란 말입니다. 정맥(동맥)을 비켜 가, 단지 살갗만, 살갗 밑의 모세혈관만 건드린 셈이지요. 도대체, 혈관 하나도 제대로 자르지 못하는 저 자신에게 대단히 화가 났습니다. 그래서 몇 번씩 칼질을 했습니다. 갈수록 힘이 빠지고, 맥이 빠지더군요. 그동안에 물은 다 식어버렸고, 팔뚝은 어린 시절 장난 삼아 건드린 벌집의 벌들에게 쏘인 것처럼 벌겋게 부어올랐습니다. 지금은 팔이 아파서 뭘 제대로 할 수도 없습니다. 그런데 어떻게 전화 통화는 할 수 있냐고요? 수화기는 오른손으로 들고 있으니 별 문제가 없지요. 막 왼쪽 팔목을 보니, 새로운 붉은 선들이 생기기 시작했군요, 빌어먹을(죄송합니다).

그의 애기는 습관적으로 들러붙는 괄호 속의 '죄송합니다'로 끝이 난다. 나(너)는 건강한 해결 방식을 애기해준다. 기분 전환이 필요하다, 여행은 어떠한가, 밝고 명랑한 사람을 만나봐라, 무엇보다도 지속적인 심리 상담이 필요하다 등등.

아뇨, 아뇨. 오해를 하셨군요. 저는 단지 '말'을 하려고 전화를 건 겁니다. 오늘은 실패했지만, 조만간 다시 실행할 겁니다. 아시겠습니까? 저는 그 애기를 하려고 한 겁니다. 지속적인 심리 치료가 필요하다, 적어도 기분 전환을 할 필요가 있다, 이런 유의 애기를 듣고자 한 게 아니지요. 저는 단지 말을 해두고 싶었을 따름입니다. 의식이 명료한 상태에서 자살을 성공시키겠다는 것을. 그리고 그것이 만약 미수에 그친다면, 그땐, 정말 '확실하게' 살아주겠다는 것을. 명심해두십시오, 의식은 반드시 명료해야 합니다. 즉, 수면제나 알코올 따위에 의존해서는 안 된다는 겁니다.

나(너)는 구체성에 천착한다. '구체적'으로 왜 죽으려고 하는가, 아니, 왜, 실패할 것이 예정된 죽음을 시도하고자 하는가, 그것은 명백히 자기 기만이 아니던가. 나(너)는 모종의 짜증과 분노마저 느끼지만 그의 말을 기다리며 천연덕스럽게 침묵한다.

저는 병에 걸렸어요. 총체적이고 만성적인 불안, 상습적인 허함, 주기적인 조울 등. 아니, 사실 저는 지독히 정상입니다. 이 사실이 너무 짜증스러워 미친 사람이고 싶어하는 거죠. 그러니 일종의 꾀병이요, 엄살이랍니다, 후후. 한동안 자해를 했습니다. 자살이든 자해든 다 문제는 삶에 있는 것 아니겠습니까? 제가 이토록 집착하고 있는 삶이 저를 이토록 괴롭히니까, 몸부림을 치는 겁니다. 하지만 자해는 비겁해요. 칼날이 살갗을 살짝 가르고, 붉은 핏줄기가 연하게 스며 나올 때면, 따끔한 감각이 있죠. 그뿐 아무것도 없어요. 발갛게 부어오른 생생한 환부는 급속도로 폐허의 흔적으로 변해가는 거예요. 피는 금세 말라붙고, 금이 간 피부도 다시 붙어버리거든요. 다음날이면, 지저분한 선만 남죠. 몹시 지저분하답니다. 보시겠어요?

나(너)는 그에게 이것이 전화 통화라는 걸 상기시켜준다.

아참, 그렇군요. 보여드리고 싶은데, 까르르……

그는 장마 뒤 경쾌하게 흘러가는 시냇물의 흐름들이 돌에 부딪치는 것 같은 신선한 웃음소리를, 아주 잠깐 낸다. 나(너)는 그것이 몹시 아름답다고 느낀다. 그리고 지금 막, 우스꽝스러운 자살극을 벌인 그가 몹시 해맑은 사람이 아닐까, 아주 사소한 요소 하나만 개입되어준다면 건강한 정신과 행복한 세계관을 가질 수 있지 않을까, 라는 지독히 잉여적이고 비직업적인 생각을 해본다.

문제는 저 자신에게 있습니다. 이러다가 저는 아마 화병으로 죽을 겁니다. 얼마나 추악한가요, 화병으로 죽는다니. 그 많은 병 중에서, 자신의 화를, 자신의 저질스러운 감정을 이기지 못해서 죽는다니. 이해하시겠어요, 그게 얼마나 추악한 건지?

나(너)는 '추악'의 근거를 묻는다.

감각도, 이성도 아닌, 일차적인 감정들, 이를테면 분노, 질투, 경멸, 역겨움 같은 상황 때문에 죽음에까지 이른다는 것이, 인간으로서 차마 못할 짓같이 여겨집니다. 유아적이죠. 순간적인 감정의 북받침을 어떻게 하지 못해서 자폭한다는 것 말입니다. 사실 저는 최근 세 개의 제목을 생각했습니다. 각각 몇 장쯤 쓰기도 했지요. 모조리 중간에서 그만뒀지만. 하나가

안 되면 다른 것들도 다 '찌그러지지' 않습니까. 아무튼 한동안 그것들 때문에 골머리를 싸맸었답니다. 들어보시겠습니까?

당연히. 나(너)는 그의 요구, 특히 '들어달라'는 요구를, 나(너)의 존재 근거가 바로 이것에 있는 만큼, 절대로 거절할 수 없다. 그는 마음껏, 구상과 집필의 단계에서 그친 이른바 '소설(小說)'에 대해 얘기한다.

「가학과 피학에 대한 '서푼짜리' 고찰」. 잘 들으셨습니까? 서푼짜리라는 말엔 작은따옴표가 붙어 있습니다. 「위악과 위선의 기만성에 대한 단상」. 이건 단순하죠. 다음은 「질투는 나의 힘이다?」. 뒤에 물음표가 있습니다. 아시다시피 젊은 나이에 싸구려 심야극장에서 조용히 생을 마감한 모 시인의 시 제목입니다. 제가 물음표를 달았지요. 줄거리는 물론이고 주요 장면도 다 설정해두었습니다. 세 개의 제목을 늘어놨지만 결국엔 하나의 소설이 될 것이었지요. 죄의식, 양심, 기만에 대한 혐오, 불가피한 냉담, 뭐 이런 것들. 그러니 나는 나를 용서할 수 있는가, 그러니 내가 어찌 나를 용서할 수 있겠는가, 하는 것이 테마였죠. 저는 어딘가에서 본 이 문장을 자그마한 얘기, 그러니까 소설로 다시 쓰고 싶었던 게지요. 얼마나 기고만장한 꿈을 꾸었는지. 허허허, 흐흐흐.

그는 자조의 웃음 비슷한 것을 흘리고, 나(너)는 청문사(聽聞士)로서, 비참하게 후물거리는 그의 웃음에 공감하기 위해 직업적으로 노력한다.

에피소드 하나쯤은 얘기해드릴 수 있습니다. 들어보십시오. (숨 고르는 소리) 방 안에 두 사람이 있습니다. 은(恩)이라는 여자와 혁(赫)이라는 남자. 은은 혁을 사랑하지만, 혁은 은을 사랑하지 않습니다. 증오하고, 경멸하고, 혐오하죠. 이런 구도 때문에 은은 혁에게 학대받고 모욕받습니다. 하지만 은도 혁도 이 상황을 어떻게 바꾸려고 하질 않습니다. 바로 지금 이 순간, 은의 방에서 혁은 여느 때처럼 은을 학대하고 있습니다. 저질스러운 말, 모욕적인 행동, 흉물을 대하는 듯한 시선 등등. 그때, 준(準)이 찾아옵니다, 예고도 없이 불쑥. 준은 은을 사랑하죠. 얘기한 대로, 은은 혁을 사랑한답니다. 웬만한 여류 작가의 소설에 흔히 등장하는 단선적이고 지루한 삼각형이죠. 화살표가 한쪽으로만 향하는 수직선 꼴이란 말입니다. 언제 한번 보여드리지요. 아무튼 중요한 건, 바로 이 순간입니다. 혁에게서 학대받고 있는 은은, 준에게 그 학대를 보냅니다. 준은 은의 학대를 무조건 감수하는 겁니다. 더군다나 준은 어떤 예고도 없이, 그야말로 폭력적으로 은을 찾아온 거니까요. 좁은 방 안에서 준, 은, 혁이 각각에게 한 방향으로 폭력을 행사합니다. 그림은 이렇습니다. 혹시 눈에 익지 않으신가요? 전(前) 애인, 전(前) 아내, 현(現) 애인, 그리고 그 사이의 한 남자가 동일한 시간, 동일한 공간에 있는 그림이 펼쳐지는 모 여류 작가의 소설이 있잖습니까?

나(너)는 직업이 이렇다 보니 요즘 나오는 소설을 읽을 여유가 없군요, 죄송합니다, 라고 대답한다. 어떻든 그를 막아서는 안 된다.

은은 한쪽 벽에 몸을 기대고 무릎을 세워 두 팔로 감싸 안고 있습니다. 노크 소리가 들리고 문이 열리자, 고개를 막 들어올렸지요. 엄청나게 놀라는 표정이 순식간에 사라지고, 입술엔 허영이 섞인 조소가 싹 지나갑니다. 혁은, 마치 자기 방인 양, 거만하게 은의 의자에 앉아, 지겨워 죽겠다는 심사를 여실히 드러내면서 입을 쩍쩍 벌려 하품을 하고, 다리를 이리저리 바꿔 꼬고 있었던 것입니다. 문지방과 아귀가 맞지 않는 나무 문 뒤로 한 남자가 들어서자, 혁은 쩍 벌어진 입으로 손을 가져갑니다. 막 문을 열고 들어선 그 남자 준은, 은과 혁이 함께 있는 방 안을, 그 풍경을 보고서 당황한 나머지, 문 뒤로 몸을 반쯤 숨겨버립니다.

역시 고리타분하군. 어떻게 이토록 지겨운 에피소드를 생각해낼 수 있을까. 나(너)에겐 한편으로는 한심하고 한편으로는 딱하다고 할 수 있는 느낌이 한 번쯤 일어난다. 그러나 그는 멈추질 않는다.

지겹죠? 그렇다니까요! 저는 은이라는 인물을 중심에 두고서 가학과 피학을 얘기하고 싶었습니다. 하다못해, '서푼짜리' 고찰이나마 하고 싶었던 겁니다. 제목은 '서푼'이지만, 작품 자체는 고급이 되리라는 몽롱한 기대를 한 거지요. 하지만 여지없이 망했어요. 도대체 이 구상을 살과 피를 가진 언어체로 만들 수가 없더란 말입니다. 제가 소설을 포기한 이유를 아시겠지요? 제가 소설을 버린 것이든, 소설이 저를 버린 것이든. 자기 책망, 자기 비하, 자기 경멸, 이런 것들이 추하다는 걸 모르는 바는 아닙니다. 하지만 늘 이렇게 되는군요. 삶도 마찬가지랍니다. 조만간에 삶이 저에게서 '획' 하고 등을 돌려버릴 겁니다. 그러니까 그전에 제 쪽에서 선수를 쳐서 삶이라는 녀석을 걷어차버리는 거죠. 그 수밖에 없으니 정말 딱도 하지요, 아.

드디어 그는 한숨이랄지, 비명이랄지, 한탄이랄지, 감탄사를 내지른다.

그런데, 죽는 것조차도 제대로 안 된단 말이죠. 이렇게 우스꽝스럽게 끝나버렸으니, 원. 칼날은 정맥(동맥)을 비켜 나가고, 팔뚝은 자잘한 금으로 지저분하게 됐죠. 하여간 은의 얘기는 이렇게 끝이 납니다. 그 정지된 장면은, 곧 움직이기 시작합니다. 은, 준, 혁, 이 세 사람 사이에 여사여사한 대화와 표정과 몸짓이 펼쳐지는데, 하나같이 찌그러지고 어색하고 병적인 것들입니다. 셋이 함께 사는 것에 대한 아름다운 꿈이, 지리하고 섬뜩한 악몽으로 변해가는 과정을 확대하는 거죠. 제 소설의 경우엔, 세 등장인물이 모두 도덕성에 대한 인식이 없고 또 타인을 제대로 사랑할 줄 모른다는 점이 더 부각됩니다. 즉, 미성숙에서 비롯됐다고 할 수 있는 그들의 도덕성의 부재와 서투르고 어설픈 사랑 말입니다. 모두들 자신의 삶을 위해서 타인을 필요로 하는데 이 이기성을 은닉시키거나 부끄러워할 줄 몰라요. 추상적인 형태의 '타인의 피'라는 것 말입니다. 여기에 역사적, 사회적 맥락은 거의 개입되지 않습니다. 은, 준, 혁은 타인의 피에 얽힌 잔인한 진실을 전혀 감추려 들지 않습니다. 그러니 사회에서 요구하는 교양 있고 건강한 인간이 되지 못하고, 오히려 의식이 완전히 성숙하지 못한 미성년의 상태에 머무는 것이죠. 보편화된 위선에 대해 지나치게 민감한 이들은, 오히려 위악으로 치닫게 되는데, 사실, 위선이나 위악이나 기만적이고 과장적이고 소아병적이기는 마찬가지죠. 하하하하하하……

그는 미친 듯이 격렬하게 웃어댄다. 나(너)는 담담하다. 품위를 유지하느라 그러는 것이 아니라, 순전히, 그와 공감할 수 없기 때문이다. 이제 나(너)도 불평을, 적어도 감정적인 발언을 하지 않고는 못 배긴다, 물론 혼자 속으로만. 도대체, 내(네)가 왜 이런 얘기에 동참해야 하는가.

하하하하하하, 이 어그러지고 삐뚤어진 순간에, 은은 어딘가로 전화를 합니다. '남자 친구'라고 말하지요. 준과 혁은 겉으로는 내색을 하지 않으려고 하지만 실은 내심 찜찜하고 얼떨떨합니다. 은이 수화기를 부여잡고서, 지금까지 두 남자가 결코 본 적이 없는 그런 명랑함과 발랄함으로 수다를 떨어대니 말입니다. 준과 혁의 당혹감은, 곧 질투도 분노도 서운함도 아닌, 어떻게 한마디로 규정 지을 수 없는 이상한 착잡함으로 바뀌어버립니다. 저는 그저 네 사람, 그러니까 한 여자와 세 남자가 함께 있는 이 공간, 이 순간을 포착하고 싶었을 뿐입니다. 그리고 은, 그 여자의 심리를 쓰고 싶었죠. 혁으로부터의 모욕을 감수하는 것과 그 모욕을 준에게로 돌리는 것, 제3의 보이지도 들리지도 않는 남자와의 경쾌한 만남을 통해 준과 혁을 모두 '병신과 머저리'로 만들어버리는 것. 하하하, 어떻습니까? 이게 바로, 제가 마지막으로 구상한 이른바, 소설이란 말입니다. 잘될 턱이 없죠. 지금껏 조용히 듣고 계시지만, 역시 이런 생각을 하셨죠? 하하. 전 다 알고 있습니다. 여하튼 소설가로서의 저의 생명은 시작과 동시에 끝장입니다. 아까 말씀드렸죠, 제게 다른 가능성이니, 다른 출구니 하는 말들은 하지 마십시오. 저는 이미 끝장을 봤습니다. 저의 중요한 존재 양식이 완전히 와해돼버렸으니, 더 이상 뭘 바라겠습니까? 물론, 복잡다단하고 자잘한 다른 이유들이 있겠죠. 머릿속에 먹물깨나 들어간 가난한 대학생에 의해 저질러진 러시아식 '도끼 만행 사건'의 원인을 정리하듯 얘기하자면 이렇습니다. 취직 시험에서 또 떨어졌습니다. 이번이 몇 번째인지는 모르겠군요. 일곱번째까지는 셌었는데…… 졸업한 지 5년이 지났는데, 대학원 시험에 낙방하고, 영화학교에도 떨어지고, 극단 홍보 담당, 주간지의 사진기자, 취재 기자, 커다란 슈퍼마켓의 배달 일(일명 슈퍼맨) 등 별일을 다 해봤답니다. 그동안 버린 이력서 값이란! 제게 실패담, 혹은 몰락기를 모조리 세세하게 늘어놓으라는 끔찍한 요구는 하지 마십시오, 부디. 그런 자질이 있다면 저는 모더니즘의 각종 변종들이 난무하는 이 시대에 네오리얼리즘의 붐을 일으켰을 겁니다. 20세기가 진작에 끝난 이 시점에서, 시대에 뒤떨어진 세기말 지성인의 오기로서 말입니다.

8시. 이제 나(너)는 더 이상 그의 잡설을 들을 필요가 없다. 그러나 그는 멈추지 않는다. 30분 동안 자살기도, 자살 미수에 대한 치졸한 계획을 늘어놓는다.

분명히 지적해두겠지만, 저는 단지 말을 하기 위해서 당신에게 전화를 걸었습니다. 어쩌면 미수에 그치는 것이 아니라, 진짜 실수를 해서 성공을 할지도 모릅니다. 정맥(동맥) 위에 칼날을 대는 순간 그런 생각이 들더군요. 이걸 자르면 정말 죽을 거야, 만약 진짜로 그렇게 되면 어쩌지, 피가 다 빠져나가도록 발견이 되지 않는다면 어떡하지…… 하하하하, 아시겠습니까? 저는 이렇게 옹졸한 염려까지 했습니다! 그러니 칼날이 혈관을 뚫을 리가 없죠. 표피조차 제대로 오려내지 못하는 게 당연하죠. 하얀 손, 그러니까, 저는 진정한 백수란 말입니다. 한데 머릿속엔 똥만 가득 차 있죠. 어떻게든 배설을 해야 되는데, 알겠습니까? 지금껏 얘기한 대로, 이젠 그 출구가 꽉꽉 막혀버렸어요. 그야말로 끝장입니다. 저는 잘난 사람들이 늘어놓은 자살 논리 따윈 잘 모릅니다. 알고 싶지도 않고, 설사 알게 된다고 해도, 나같이 미친 놈의 것이 될 리 만무하지요. 흐흐흐.

8시 50분. 나(너)는 그의 말이 멈추기를 애타게 기다린다. 나, 너, 우리는 모두 이 페이지를 그만 덮고 싶다. 그리고 집으로, 따뜻하고 풍요로운 젖과 꿀이 흐르는 공간으로 돌아가고 싶다.

두고 보십시오. 이거 하나만은 틀림없이 해낼 테니까. 내일부터 본격적으로 보다 예리하고 튼튼한 칼을 구하러 다닐 겁니다. 옛날에 면도할 때 쓰던 사각형의 칼날이 정말 적격인데, 그놈을 구할 수가 있어야 말이죠. 안 되면 장검이라도 마련해야죠. 실패하면 다시 전화를 드리겠습니다. 만약, 정말 성공하면, 다시 말해서 '자살 미수'에 실패하고 '자살'에 성공하면…… 만약, 제가 다시 전화를 드리지 않는다면, 자살에 성공했구나, 라고 생각하십시오. 지금까지, 여기까지, 제 말을 들어준 당신의 공로는 잊지 않겠습니다.

끝.

나(너)는 그의 대단원과 함께 하루 업무를 끝낸다. 그리고 퇴근을 한다. 그는 과연 자살을 할 것인가. 그는 정말 미친 것이 아닐까. 그를 어떻게든 설득해서 정기적인 치료 내지는 심리 검사라도 받게 해야 되지 않을까. 나(너)는 이런 생각을 단편적이고 무성의하게, 무엇보다도, 직업적으로 해보고는 별 아쉬움 없이 머리 뒤로 던져버린다. 잊어버리는 것이다. 2주일 뒤 오늘 나(너)는 다시 상담 전화 앞에 앉게 되리라. 그땐 또 다른 사람의 고민을 들어주면 되는 것이다. 그가, 오늘의 그이든 또 다른 그이든, 나(너)에게는 상관없다. 나(너)는 듣고, 그는 말한다. 단, 저녁 6시부터 밤 9시까지만. 그 시간이 지나면, 나(너)는 그에게 애정을 쏟을 수가 없다. 그럼, 다음, 또 그 다음 주 월요일까지, 안녕.

늘어지는 말들

저를 기억하시는지요? 자살에 한 번 실패한 뒤 이젠 본격적으로 준비를 하겠노라면서 당신에게 전화를 드렸었지요.

1996년 10월 월요일 저녁 8시. 나(너)는 나(너)의 근무 날짜를 기억하고, 마찬가지로 그를 기억한다. 자살을 꿈꾸거나, 시도하거나, 성공하거나, 실패하거나 하는 사람들은 얼마든지 있다. 자기 자신이 누군가에 의해서 기억되기를 원하는 사람들 또한 얼마든지 있다. 그는 언제나 존재하는 것이다. 그러므로 그의 물음에 '예'라는 깔끔한 답을, 서슴지 않고 해줄 수 있는 나(너) 또한 언제나 존재한다. 이제 나(너)는 '반갑다' 내지는 '기쁘다'고 안일하게 거짓말을 하면서 인사를 한다.

기쁘군요. 기억하신다니. 아니, 아직도 안 죽고 살아 있단 말인가, 라는 생각이 드시진 않습니까? 하하하. 어떻든, 그래요, 저는 지금 살아 있습니다, 살아 있어요. 그뿐이 아닙니다. 저는 요즘, 행복한 순간들을 보내고 있습니다. 작은따옴표가 붙은 '행복의 순간들'을.

나(너)는 그 행복의 구체적인 요소와, 특별히 따옴표를 붙인 이유, 순간이 '들'이라는 복수 표시 접사를 달고 있는 이유를 묻는다. 딱히, 격렬한 호기심이 이는 것은 아니지만, 나(너)도 그와 마찬가지로 권태롭지 않은가. 여기서 나(너)는 그를 잠시 제쳐놓고서, 짧은 잡념을 적어본다. 고독과 권태. 그것은 태초 신의 전유물이었지만, 이젠 인간의 전유물이 되었다고, 태초에 '말' 대신 권태와 고독이 있었노라고, 지금

나(너)는 상호 주관적으로 권태와 고독에 빠져 있다고, 그래서, 딱히 격렬한 애정 없이 그의 말을 경청한다고, 아니, 경청하고 있다는 안일한 믿음을 가지고 있다고.

「행복의 순간들」. 「행복한 나날들」. 「행복이 지나가는 풍경」. 「행복이 오가는 풍경」. 「행복이 머무는 풍경」. 「행복이라는 괴물들」. 길기도 하지요? 이게 전부 최근 제가 구상하고 있는 소설 제목이랍니다. 기실, 이번엔 구상만 한 게 아니라, 상당한 양의 초고를 작성했습니다. 저는 요즘 행복에 겨워 미칠 지경이거든요. 사람이 행복이나 기쁨, 아니 정확하게는 '감동'(감격도 괜찮지요) 때문에 죽을 수 있을까?라는 질문에, 일말의 의심도 없이 '그렇다!'라고 답하고 싶은 순간들의 연속이란 말입니다. 여기까지만 말씀드리겠습니다. 지금도 입이 근질근질해서 미칠 지경이지만, 글을 쓰고 싶은 충동이 더 심하게 이는군요. 단지, 저는 당신에게 '행복'을 말하고 싶었을 뿐이랍니다. 가능하다면, 정서가 끝난 뒤 당신에게 원고를 보내겠습니다. 저는 독자를 원하고 있거든요. 전에 말씀을 드리지 않았던가요? 저는 아직 이렇다 할 경력이 없습니다. 공식적인 작가가 아닌 셈이죠. 저의 초고를 읽어주시지 않겠습니까? 이것도 어쩌면 노출욕, 배설욕, 고백욕의 표현일지 모르지만…… 보내도 괜찮을까요?

나(너)는 '예/아니다' 뒤에 그려진 네모난 선택칸 중 당연히 '예' 뒤에 놓인 칸에 표시해야 한다. 보내는 것까지는 그의 일이고, 그 다음은……

바쁘시면 읽어주시지 않아도 괜찮습니다만, 하다못해 원고 뭉치의 매듭만은 풀어주십시오. 혹시 또 압니까, 당신이 위대한 대작가의 처녀작을 맨 처음으로 읽는 영광을 누리게 될지, 하하하. 어쩌면 가까운 시일 내에 당신을 찾을지도 모르겠습니다. 저는 이 행복을 진정시키기 위해서라도 건전한 상담자가 필요하고, 이렇게 기계에 대고 얘기하는 것이 아니라, 제 눈으로 구체적인 인간을 바라보면서 얘기를 하고 싫어졌거든요. 심리 검사와 심리 상담 신청을 하기 전에, 소설 초고가 먼저 갈 것 같군요. 오늘은 빨리 끊겠습니다. 안 그래도 벌써 9시가 다돼가는군요. 실은 통화량을 줄이려고 일부러 8시가 넘어서야 전화를 했습니다. 여차하면, 소설의 내용을 말해버릴지도 모르니까요. 그러면 그렇잖아도 맹맹한 소설이 정말 지루해지겠죠, 아마.

나(너)는 소설의 지루함을 얘기하는 그에게 진정한 지루함을 느낀다. 하지만 다행히도 곧 9시가 되고, 나(너)는 비로소 안락과 온기가 기다리는 집으로 떠난다.

「소설 초고」

우편물의 발신자와 수신자 난에는 각각 이렇게 씌어져 있다.

'그에게서'
'나(너)에게로.'

그리고 「소설 초고: 행복에 관한 기술(記述)」(가제)은 이렇게 시작한다.

"나는 극도로 행복하다. 매순간은, 질과 양에서, 크고 작고, 섬세한 차이를 가진 행복들로 구성된다.

그 순간들을 적분하면, 내 행복의 총합이 나온다. 그 총합이 말하는바, 나는 지금 극도로 행복하다. 이제부터 나는 자잘하게 미분된 행복들에 대하여 '구체적'으로 기술할 것이다."

나(너)는 여기서 모종의 선택을 할 수 있다. 소설 초고를 덮을 것인가, 계속 들춰나갈 것인가, 소설 초고가 소설로 완성될 그 어느 미지의 순간에 읽기 시작할 것인가 등. 여러 가능성 앞에서 나(너)는 예의상 아주 잠시, 머뭇거린다. 명심하라, 지금 나(너)는 권태롭다는 것을.

……

자, 이제 그의, 소설도 아닌 소설 '초고'를 읽으려는 나(너)만이 남았다. 그러나 그의 예상대로 「소설 초고」에 앞서 그가 먼저 나타난다.

추악한 출현

마침내 그가 내(네) 앞에 모습을 드러낸다. 이로써 그는 목소리—말—만으로만 존재하는 환영이 아니라, 오목조목한 형체가 있는, 눈에 보이는 한 피조물로서 내(네) 앞에 선 것이다. 이제, 나(너)는 그를 보다 구체적으로 묘사할 필요를 느낀다. 노크 소리. 그가 들어온다. 나(너)는 점심으로 먹고 있던 순대와 떡볶이, 어묵을 허겁지겁 치운다. 아, 이 음식 냄새. 나(너)의 앞에 선 그는 숙면 중에 이부자리에 오줌을 싼 아이처럼 얼굴을 붉히면서, 멋쩍게 웃는다. 그 웃음 속에는 '우리 사이에 부끄러울 게 뭐 있다고?'라는 식의 은밀한 메시지가 담겨져 있다. 그가 자리에 앉는다. 그는 내(네)가 예상했던 것과는 달리, 그 목소리의 경박함과 초조함과는 달리 점잖고 침착한 얼굴과 몸가짐에, 현재 한국인의 평균 신장과 체중을 훨씬 웃도는 건장한 몸을, '멀쩡한 허우대'를 갖추고 있다. 자, 초상화는 이 정도로 간략하게 그리고, 바로 본론으로 들어가자. 이번에는 전화상으로 그와 만난 것이 아니니 모든 말들을 다분히 위압적이기까지 한 큰따옴표로 옮긴다.

"그래, 요즘은 뭐가 불편하십니까?"

나(너)는 그의 눈을 들여다보며 묻는다.

"별로 불편한 건 없습니다. 그저 말을 들어줄 공간이 필요해서요. 공식적으로 배설을 할 수 있는 공간 말입니다."

"괜찮으시다면 녹음을 해도 될까요?"

나(너)는 자료를 정리하기 위해 내담자의 형식적인 동의를 구하고서 녹음과 재생 단추를 함께, 밑으로 푹 집어넣는다. 이렇게 나(너)와 그의 첫 만남이 시작된다. 나(너)는 꼭 55분 동안만 그의 얘기를 듣는다. 60분에서 제외된 나머지 5분은 나(너)의 생리적 욕구를 해결하는 시간으로 사용하도록 정해져 있다.

"그럼 다음 주 이 시간에 뵙겠습니다."

그가 조용히 일어나 유치원생처럼 공손하고 깍듯하게 인사를 하자 나(너) 역시 공손하게 화답한 뒤 그를 보낸다.

"안녕히 가십시오."

그가 나(너)의 밝은 방에서 사라지고 시간이 꽤 지난 뒤 나(너)는 녹음된 테이프를 재생시켜본다. 그럼, 그의 말은 별다른 게 없으니 녹음 중에 간간이 나오는 나(너)의 말을 들어보자.

예…… 어째서 그런 일이? 〔……〕 아하, 그렇죠, 사람은 누구나 사랑을 하게 되면, 〔……〕 처음이셨다면 충격이 크셨겠지요. …… 팔목에다가요? 제가 볼 수 있을까요? 〔……〕 등등.

이렇듯, 나(너)는 보통 이상의 직업적 사명감으로 그와의 상담에 임했다. 할 만큼 한 것이다. 이 마지막 말을 꼭 기억해두기 바란다.

일주일 뒤. 그는 정해진 시간이 지나도 나타나지

않는다. '심리 상담이란 것에 대해 신뢰가 가질 않는다'는 건방진 메시지를 상담 접수실에 남겼을 뿐. 나(너)는 예의상 그의 연락처를 찾아 전화를 한다. 이 경우에 흔히 있는 일이지만, 자동 응답기가 받거나, 휴대 전화가 꺼져 있다. 나(너)는 '필요하면 언제든지 오라'라는 식의 겸손한 메시지를 남기고 조용히 떠나온다. 이제 나(너)의 일은 끝이다. '투고한 원고는 반환하지 않습니다'라는 원칙을 적용시키자면 이 테이프는 분명 나(너)의 소유이므로, 상담 후 며칠이 지난 뒤 그것의 존재마저 잊어버렸다 할지라도 법적 책임은 물론이고 하등의 도의적 책임도 질 이유가 없는 것이다.

다시 일주일 뒤 그가 가당치 않게 내(네) 앞에 다시 나타난다. 그리고는 내(네)가 한동안 잊고 있었던 물건을 요구한다. 그의 시선이 나(너)의 온몸에 내리꽂히는 동안 나(너)는 사라져버린 것이 거의 분명한 테이프를 찾느라 필요 이상으로 부산을 떤다. 어째서 이런 수난을! 다행스럽게도 케이스는 잃어버렸지만,

그래도 제 형체를 보존하고 있는 형편없는 테이프가 눈앞에 나타난다. 그는 막 나(너)의 손에 들어온 테이프를 잽싸게 낚아챈다. 그리고는 '그럼, 제가 한 말은 다 잊어주세요'라는 신파적인 대사에다가, 눈물까지 흘리면서 나(너)의 시야에서 사라진다. 그제야 테이프의 내용이 떠오르기 시작한다. 그 때문에 그가 사라진 뒤에도 그가 오래전에 남긴 선정적인 얘기들, 즉 그가 방금 가져가버린 그 테이프 속에 녹음된 것들이 좀체 사라지지 않아 나(너)는 자못 아쉬움을 느낀다. '그렇게 아까운 걸 줘버리다니!' 나(너)는 스스로를 질책하면서 오늘밤엔 기어이 「섹스참말포르노테이프」를 보겠다고 다짐한다.

터뜨려지는 말들: 설사

사건은 언제나 예기치 못한, 혹은 예상은 했으나 어떤 조치를 취하기에는 이미 너무 늦어버린, 공식 행사 중의 설사처럼 온다. 사태는, 바로, 설사다.

각본 짜기. 이것은 내 삶의 가장 큰 낙이었다. 아니, 내 삶 자체가, 내가 짜놓은 서툰 각본이라고 해야겠다. 나는 그 속에 예정된 각종 유사 사건들을, 불안 반 기대 반, 기다리면서 권태로운 시간을 보낸다. 그러다 보면 가끔씩 제법 우스꽝스럽기도 하고 제법 슬프기도 한 사건 같지도 않은 사건들이 터져준다.

그러나 진정한 사건은 설사처럼 온다. 저 앞 단상에선 발표자가 열변을 토하고 있고, 사회자는 회의를 부드럽게 이끌기 위해 깔끔한 질문들을 준비하고 있고, 참석자들은 최소한의 의무감으로 귀를 기울이는 척하고 있다. 괜찮은 참석자의 역을 수행하기 위해서는 나 역시 귀를 곤두세우고, 눈을 동그랗게 뜨고 발표 내용에 몰두하는 척해야 한다. 나의 의도에 의하면 나는 충분히 그렇게 할 만하다. 그러나 설사는 나를 어찌할 수 없는 상황으로 몰고 간다.

'아침부터 배가 살살 아팠던가?'

자문해본다. 발표자는 성적 팡타슴의 네 가지 종류를 설명한다. 어머니의 뱃속으로 들어가고 싶은 팡타슴, 거세의 팡타슴, 어릴 때 성적 유혹이나 자극을 받았을지도 모른다는 팡타슴, 탄생의 장면을 목격했다는 팡타슴…… 나는 팡타슴을 콤플렉스로 대체해도 되지 않을까, 라는 질문을 살짝 던져본다. 그러나 비교적 점잖은 이 물음 뒤에, 아주 엉뚱할뿐더러 입 밖에 꺼내기도 남부끄러운 답이 불쑥 튀어나온다.

'그래, 아침부터 배가 아팠었어. 틀림없어.'

갖은 팡타슴이 사라지고, 나는 막 아랫도리 주위를 위협하는 변의에 심한 불안을 느낀다. 이 공식 석상을, 은근슬쩍 빠져나가, 엉덩이를 까고 변기 위에 앉는다? 여기에 생각이 미치자, 갑자기 무안하고 어색해진다. 얼굴까지 발개진다. 시계를 본다. 30분이나 남았다. 좀 견디기로 한다. 아랫도리가 점점 더 팽팽해진다. 괄약근을 조금이라도 늦출 양이면, 걷잡을 수 없는 격류가 쏟아지리라. 나는 태연한 척 앉아 있다. 엉덩이를 약간씩 들썩이면서 자세를 바꾸긴 하지만, '공식'을 벗어나지 않는다.

그러나 설사는 그렇다. 어찌할 수 없는 것, 그러니 사태인 것이다.

나는 더 이상 견디지 못하고, 가방을 연다. 지퍼가 움직인다.

찌이익——

그 소리가 내 얼굴을 한층 더 발갛게 만든다. 나는 공식, 공식하면서 휴지를 꺼내 들고 일어선다. 그리고, 여봐란 듯, 아주 당당하게, 심지어 필요 이상으로 당당하게 뒷문 쪽으로 다가간다. 뒷문을 연다.

삐이익——

나는 문소리에 흠칫 놀란다. 그럼에도, 태연하게,

역시 필요 이상으로 태연하게 화장실로 달려간다. 요란한 구두 굽 소리. 화장실 문을 열고 하얀 변기 위에 앉는다. 그리고 은밀한 쾌락의 순간. 아무에게도 말할 수 없는, 그러나 누구나 다 알고 있는, 그러기에 말할 필요도 없는.

〔……〕

손을 씻고 화장실을 나와 다시 공식의 자리로 들어간다. 모두들 아무렇지도 않게 앉아 있다. 발표자는 아직도 발표를 하고 있다. 나는 아무 일도 없었다는 듯, 변기의 레버가 당겨지는 순간 모든 쾌락의 흔적이 지워졌다는 듯, 음험한 웃음을 두꺼운 낯짝 밑에 숨기고 자리에 앉는다.

설사. 오늘 하루 내 삶의 각본에 빨간 점 하나를 찍은 설사는 그렇게 지나갔다. 모든 일이 끝났을 때 나는 내 오랜 각본을 약간 수정한다. 오늘 공식 석상에서 예기치 못하게 설사를 했다, 내 몸속에서 수분이 가득 든 배설물이 빠져나갔다, 그것은 불안과 두려움과 쾌락의 아슬아슬한 접경 지대로 나를 데리고 갔다, 라고. 동시에, '어쨌거나 변비보다는 설사가 낫지'라는 생각을 하면서 씩, 웃음을 흘린다.

자, 이제 시작할까요?

그는 꼭, 손님을 구해다가 자기 앞에 앉혀놓고 농염하게 손님의 성기를 한 번 빤 뒤 "자, 이제 시작할까요?"라고 말하는 창녀처럼 운을 뗀다. 그러든지 말든지. 그의 농락, 변덕에 나(너)는 지쳤다. 나(너)에겐 통계를 위한 구체적 자료들, 숫자와 문자로 나타낼 수 있는 상식적이고 공식적인 정보가 필요하다. 하지만 그는 이미 나(너)의 한계선을 넘어섰다, 오래전에. 이 장르의 틀을 제멋대로 뛰어넘어버린 것이다. 이 장르? 나(너)는 전화 심리 상담이란 이름을 은근슬쩍, 소설이라는 장르로 대체하려는 뻔뻔스러운 시도를 한다. 과연 이것이 소설인가? 나(너)는 우리에게 조정당하는 듯하지만, 기실 우리를 조정하는 것이 분명한 그에게 묻고 싶다. 그러나 그가 우리에게 묻는다, "시작할까요?"라고. 알아서 하시지. 그것은 그의 자유의지에 달린 것이니까. 그러나 나(너)는, 원하는 순간에 그의 돼먹지 못한 고약한 자기 노출의 쾌락을 무시해버릴 수 있다. 명심하라, 언제든지 수화기를 내려놓을 수 있다. 아예 코드를 뽑아버릴 수도 있다. 그처럼, 독자여, 지금 당장 책을 덮을 수 있다.

시작해도 되겠죠?

그는 잠시 뜸을 들인다.

물론 시작해도 되겠죠. 당신도 몹시 지겨울 테니까. 불쑥 찾아온 설사는 일순간에 해소됐습니다. 제가 위에 써놓은 글을 읽으셨죠? 아니, 저걸 쓴 건 당신이던가? 하여튼 일을 보고 난 뒤엔 가뿐해졌습니다. 때때로 더 고약한 상황도 있긴 할 겁니다, 암 그렇지요. 몇 시간을 두고서, 간헐적으로 항문이 터지는 고통과 쾌락을 동시에 느끼는 그런 일 말입니다. 참 끔찍하죠. 설사 얘기는 이쯤 할게요. 사실 말하고 싶은 것은……

그는 오랫동안 뜸을 들인다. 개별성과 보편성 사이의 틈을 극복하기 어려운 것이리라. 아무리 사소한 것이고 범속한 것이라도, 그것이 자신의 것이라면 그것만으로도 충분히 특별한 법. 마침내 나(너)의 주인공은 거뜬히, 나(너)에겐 별로 대단할 것 없는 자신의 속을 까발린다, 자 보라.

사실……

그는 저에게 그렇게 설사처럼 왔답니다.

예? 그는 지금까지와는 달리 처참할 정도로 말꼬리를 흐리고 나(너)는 그의 예기치 못한 돌변에 깜짝 놀란다.

저에게 그는 어느 날, 갑자기, 그렇게, 설사처럼 찾아왔다고요. 인생 각본의 구상에조차 들어 있지 않았던 요소였죠. 그럼에도, 저는 곰곰 되씹어보기 시작했습니다. 과연 없었던가, 열심히 반추를 했지요. 그러다가 아침에 아랫배가 살살 아프기 시작했다는 사실을 기억해낸 것이죠. 재구성한 겁니다. 그처럼, 나는 그 남자의 출현 역시, 내 각본 어딘가에 미리 들어 있었다고, 편하게 생각하게 됐습니다. 그래요, 틀림없이. 저는 오래전 한 편의 소설을 시도했습니다. 빤한 구조를 한 시시한 연애소설이었는데 목차(저는 모든 글에 목차를 다는 버릇이 있답니다)까지 포함하면 원고지 854.8매, 그러니까 여차하면 장편으로 내놓을 수 있는 것이었죠. 하지만 퇴짜를 맞았답니다. 발이 맞지 않는 년과 놈이 눈이 맞아서 어디, 서울이 아닌 어느 촌구석으로 떠나 살림 비슷한 것을 차린 뒤 한 달간 끔찍하게 좋아하며 잘살다가 끔찍하게 싫어져서 헤어지는데, 결국 하나는 죽고 다른 하나는 살아남아 잘산다는 그렇고 그런 얘기에, 제목은 '지옥에서 한 철을 보내다 나머지는 지상에서'였죠.

설사같이 찾아온 당신의 그가 소설 속 인물을 현실에서 그대로 구현한 셈이 되었던가요? 나(너)는 예의상 관심을 보이는 듯하지만 사실은 「지옥에서 보낸 한 철」을 지저분하게 비튼 제목의 소설 얘기를 듣는 것이 카운슬러로서는 차마 못할 짓인 듯 여겨져서 물어본다.

글쎄요…… 저는 잠정적인 결론을 내릴 수 있을 뿐입니다. 왜냐면, '지옥'(줄여서 이렇게 부릅시다)이라는 소설은 이미 완결되어버린 평면 같은 것이지만, 제 인생, 현실은 무한히 열려 있고 입체적인 것으로서 무슨 일이 더 일어날지 모르니까요. 설사같이 찾아온 그는, 일단은, 표면적으론 제 인생에서 물러났습니다. 그렇게 생각하고 싶습니다. 하지만, 시간은 지속되고, 우리는 한치 앞도 모르면서 살고 있죠.

나(너)는 그가 운을 떼기가 무섭게 바로 예상되는 통속적인 연애담에 벌써 하품을 하기 시작한다. 그렇지만 이걸 듣지 않으면 또 뭘 할 수 있으랴? 하여, 그에게 묻는다. 그를 사랑했나요, 라고?

'놈'은 '년'을 사랑했지만, '년'은 '놈'을 사랑하지 않았죠. 아니면 사랑의 강도가 좀 달랐다고 할 수 있겠죠. 왜, 인간이란 기본적으로 약한 동물이니까, 특히, '년,' '놈'끼린 그냥 내버려두면 붙어버리게 마련 아닙니까. 저 좋다는 '놈'을 '년'이 거부해버리기란 참 힘들지요. 일단은 말입니다. 그렇게 같이 서로에게 들러붙다 보면 '놈'이든 '년'이든 지긋지긋할 정도로 정이 들어버리지 않습니까? 어떤 의미에서 때는 이미 늦은 거죠. 또 어떤 의미에서는 돌이킬 수 없을 만큼 늦어버린 때는 아니라는 둥, 지금이 바로 그때라는 둥 하는 고무적인 소리를 할 수도 있고요. 근데 '년,' '놈'이란 소리가 불쾌하시진 않으시겠죠? 남자, 여자니 그, 그녀니 하는 것과는 다른 맛이 있어서, 저는 요즘 이 말을 즐겨 쓴답니다. 아무튼 '년'과 '놈'은 이러저러한 경위를 거쳐 엄청나게 가까워졌고, 그러고 나서.

'이러저러한'을 상세하게 묘사해달라, 라고 나(너)는 공손하게 부탁한다.

그건 밀실에서 일어나는 일입니다. 이 신성한 전화

기에 대고 저 자신이 주인공으로 등장하는 '년'과 '놈'의 은밀한 얘기를 떠벌리는 건 좀 민망한 일이지요. 정 원하신다면 한 편의 논문을 작성해드리리다. 킥킥킥, 논문이라니, 정말, 기가 막히지 않습니까? 「'년'과 '놈'의 연애에 대한 고찰 중 심각성이 가장 높은 어느 일화 분석」, 이 정도의 표제가 좋겠군요. 킥킥, 흐흐흑흑.

9시가 다돼간다. 만세. 나(너)는 이 지루한 통화로부터 우리를 구원해줄 '9'라는 숫자에 감사한다. 그럼, '끝바이.'

'방에 대한 소고'

……「소설 초고」는 이렇게 이어진다. 지금 막, 특정한 누군가에 의해 작성되는 「소설 초고」가 나(너) 앞에 공개된다. 첫 장의 제목은 어디서 본 듯한 어구인 '방에 대한 소고(小考)'이다.

1996년 7월 말, 이제 그 지긋지긋한 여름이 끝났다고 생각하고 싶을 무렵, 그는 이사를 했다.

바로 첫날 밤, 그는 이 공간이 꼭 자신을 위한 것임을 직관적으로 알아챘다. 그를 푸근하게, 꼭 감싸주는 방의 온기에서 그는 지금까지 어느 방에서도 맛보지 못했던 열락을 느꼈다. 그는 약간의 육체적 피로

감과 심리적 기대감을 안고서 잠들었다.

다음날 아침, 그는 커튼 사이로 새어 들어온 한 줄기 햇빛의 간지러운 애무를 받으며 눈을 떴다. 수년 동안 지하 생활에 길들여져 있던 그가 어떻게 아무런 거부감 없이 햇살을 흠뻑 느낄 수 있는지 의아스러울 정도였다. 태양에의 지향 역시 본능이 아니던가, 하는 생각과 더불어 한동안 잊혀졌던 본능이 되살아남을 그는 생생히 느끼고 있었다. 자리에서 일어나 그는 창문을 열었다. 아이들의 왁자지껄한 소리가 들려왔다. ……금강산 찾아가자 일만이천봉 볼수록 아름답고 신기하구나…… 몇 명의 계집애들이 그의 창문 바로, 바로 밑에서 고무줄놀이를 하고 있는 것이었다. 그는 아주 어린 시절에 들었던 정겨운 노래가 살아서 움직이는 그림으로 재현되고 있는 것을 오랫동안 지켜보았다.

곧 방학이 끝나고 아이들은 다시 등교를 시작하겠지. 그가 이런 생각을 할 때, 아이들은 새로운 노래를 부르기 시작했다. 고무줄을 넘나들고 휘감고 하는 움직임의 모양새도 달라졌다. ……전우의 시체를 넘고

넘어 앞으로 앞으로 낙동강에 잘 있거라 우리는 전진한다 에이비시디이에프지 적군을 물리치고 하얀 담배 연기 속에 사라지는 전우야……

창턱에 팔꿈치를 대고 턱을 괴고 있다 보니 그 창턱이 팔꿈치만을 담아내기에는 아까울 정도로 넓은 듯했다. 그는 좀 멀찍이 떨어져서 창턱을 바라보았다. 그러다가 창턱 위로 올라가, 유리창의 끝이 맞닿는 가느다란 한쪽 벽에 등을 기대고 무릎을 비스듬히 모아 쥔 채 그 창턱 위에 앉았다.

그가 창문을 한껏 밀면서 한쪽 다리를 펴자, 고무줄을 잡고 있는 아이들은 팔을 한껏 뻗어 고무줄을 머리 위로 추켜 올렸다. 나머지 아이 중 하나가 다리를 높이 올려 고무줄을 휘감아 내리면서 새로운 노래가 시작됐다. ……철강산 거룩한 밤 거룩하여도 오늘은 만나려나 아기 천사여…… 그는 하나의 노래가 끝날 때마다 온 거리를 가득 채우는 아이들의 왁자지껄한 말들 속에서 혜린, 정인, 혜민, 주미, 수정, 영선, 수연, 귀연, 지선과 같은 평범한 이름들을 잡아냈다. 아이들이 고무줄을 걷고 모조리 그의 시야로부터 사라졌을 때 그는 창턱에서 내려왔다. 막 창문으로부터 돌아서 방의 중심으로 향하려는 찰나, 그는 창문 밖에, 아주 멀리 서 있지만 너무도 크기 때문에 너무도 선명하게 보이는 미루나무 한 그루를 발견했다. 다시 몸을 돌렸다. 창문 밖 풍경은 아주 일상적이었다. 맞은편에 그의 방이 있는 집과 비슷한 건물 한 채가 서 있고(이 건물에는 옥탑방 하나가 딸려 있다), 왼쪽으로 그다지 좁지 않은 길이 나 있는데 아이들은 거기서 고무줄놀이를 한 것이었다. 그 길이 끝나는 지점은 건물들 사이로 감추어져 있고, 그 뒤로는 한쪽에 숲을 끼고 있는 아파트가 보인다. 그는 무엇보다도 맞은편 건물 뒤로 우뚝 솟아 있는 미루나무의 건강한 상체와 아이들이 놀고 지나간 그 거리, 몇 개의 범속한 건물들이 마음에 든다. 이 방에서 꼭 하룻밤을 보낸 그는 이 방에서 뭔가 예기치 못한, 행복한 일이 일어날 것임을 다시금 예감한다.

다음날 그는 자신의 멋진 방으로 초대할 사람을 구하러 다녔다. 다행히도 그에게 이토록 멋진 방이 생겼건만, 불행히도 오랫동안 지하에서만 살아온 그에겐 친구가 없었던 것이다. 견디다 못한 그는 그저, 잠깐이나마 그의 방을 함께 탐닉할 수 있는 사람을 직접 찾아 나서기로 한 것이다. 제 방에 가보시지 않겠어요? 햇빛이 잘 드는 넓고 시원한 방이랍니다. 그는 짧은 민소매 원피스를 입은 아가씨의, 하얀 살이 훤히 드러난 팔을 붙잡고 권유했다. 그녀는 비명을 지르며 달아나버렸다. 앞가르마를 정확하게 타고 양쪽에 실핀을 꽂은 여중생도, 대낮부터 술에 절어 코끝이 불그죽죽해져 있는 중년의 아저씨도, '금강산'을 열심히 불러대던 혜린도, 모두들 고개를 갸우뚱거리거나 욕을 하거나 키득대면서 그를 멀리했다. 결국 그는 사람을 초대해서 새 방의 은총을 공유하려는 꿈을 버리고 조용히 방구석에 틀어박혔다. 달라진 것이 없다는 생각이었다. 그러나 분명 아무래도 달라진 것이 있었다. 곰팡이도, 바퀴벌레도 없는 방, 게다가 아주 넓은 창턱이 있는 방은 그 자체로 혁명과도 같은 것이었다.

그런데 1996년 8월 말.

명징한 의식을 가진 독자(작가)여 판단하라, 여기서 「소설 초고」를 계속 존재시킬 것인가, 아니면 여기서 그만 소멸시킬 것인가. 나(너)에게 '1996년 7월 말'의 이야기를 읽은(쓴) 대가로 '1996년 8월 말'을 읽어야(써야) 할 의무는 없다. 그것이 죽어버린 자의 비극적 기쁨이나 살아남은 자의 희극적 슬픔이 아닌, 그저 지금까지 우연히 살아 있고 그렇게 별 탈 없이 살아가는 자의 맹맹한 기쁨을 노래한 것이기에 지겹기 짝이 없는 것이라면, 더더욱. 그렇다면 나(너)는 자유의지와 변덕에 따라 「소설 초고」를 내팽개치고 새로운 곳으로 들어갈 수 있다. 최소한 몇 페이지를 그냥 건너뛸 수도 있다……

‘나쁜 피’

……자살을 하려고 칼로 심장을 찔렀으나 심장의 위치를 찾지 못해서 미수에 그친, 성적이 부실했던 의대생의 얘기를 들은 적이 있는지. 혹은 방사를 하려고 했는데 그 구멍을 찾질 못해서 영 일이 틀어져 버린 얘기라도. 무슨 일이든 그것을 성사시키기 위해서는 치밀한 계획과 성실한 노력이 필요하고 그 이후에야 천명을 기다릴 수 있는 것이다. 이른바, 진인사대천명. 혹시, 기억하는지, 나라는 못돼먹은 피조물을. 나는 자살을 하려면 반드시 정맥(동맥)을 그어야 한다고 생각해왔고, 지금 그 ‘때’를 기다리고 있다. 하지만 나는 홍시가 떨어지기만 기다리면서 나무 밑

에서 입을 쩌-억 벌리고 앉아 있는 게으름뱅이는 아니다. '구체적인' 작업을 시작했다는 것이다. 우선 질 좋은 면도칼을 샀다.

stainless blade

Longer Lasting Smoother and Sharper……

the Keenest edge possible.

어떤가? 이 매혹적인 광고 문구가 없어도 나는 이 제품을 신뢰할 수밖에 없다. 비록 구시대의 유물이 되어버리긴 했지만, 그래도 이것은 내가 오랫동안 기다리고 기다리던 바로 그 직사각형의 면도칼이었던 거다.

나는 조그만 상자를 아무런 고민 없이 사버렸다. 그 속에는 두 겹으로 포장된 10개의 면도칼이 들어 있었다. 끔찍하다. 충분한 실습과 한 번의 성공을 위해서 무려 10개나 되는 면도칼이 필요하단 말인가. 나는 내 방의 품에 은밀하게 안겨서 면도칼을 꺼내봤다. 눈이 부실 만큼 찬란한 칼날의 광채가 나를 흥분

시킨다. 칼날의 한쪽 면에는 'DORCO'라는 이름이 씌어져 있다. 나는 그 몸체를 조심스럽게 집어들었다. 은빛의 광채, 사각형의 끝을 장식한 무늬들, 한가운데로 나 있는 기하학적 홈. 이 얇고 예리한 칼날을 위해, 나의 하얀 피부가 숨을 쉬고, 그 아래 깊은 곳에서 푸르스름한 혈관이 파닥거린다. 오른손 끝에 들린 신성한 물건을 왼손, 손목, 푸른 혈관 위에 댄다. 몹시 차다. 100원짜리 연필 깎이용 칼에 비교할 수 있을까. 그 정도로 부드럽고, 예리하고, 차갑다. 오른손에 힘을 주고 서서히 이동시킨다. 따끔거리고 화끈거린다.

2센티? 3센티? 나는 칼날을 팔목에서 떼고, 칼날의 흔적을 바라본다. 연한 선이 그어져 있다. 그뿐이다. 그만 맥이 빠진다. 이렇게 겉이 번지르르한 칼날도 별수없군, 하고 눈을 돌리려는 찰나, 무슨 일이 일어난 것인가. 2초? 3초? 살갗 위로 붉은 선혈이 솟아나기 시작했다. 예쁜 구 모양을 한 핏방울은 어느새 풍만함의 단계를 넘어서서 자신의 어마어마한 팽창력을 견디지 못하고 막 터지려 하고 있다. 나는 황급

하게 환부에 휴지를 갖다 댔다. 매혹의 선홍색은 금세 닦이고 추한 흔적만 남았다. 하지만 피는 곧 다시 고이기 시작한다. 면도칼이 파놓은 홈, 혹은 선을 따라 끈끈한 액체가 스며 나온다. 살색은 곧 붉은 색으로 바뀌면서 팔목을 타고 흘러내리기 시작한다. 다시 휴지를 댄다. 다시…… 다시…… 다시…… 부정형의 핏방울이 울긋불긋 묻어 있는 휴지를 쓰레기통에 넣고, 책상에 놓인 면도칼을 기름종이로 한 번 싼 뒤 그냥 겉 포장지로 다시 싸서 상자에 넣는다. 그리고 그것을 책상 서랍 속에 고이 간직해둔다. 이로써 첫 시험, 혹은 첫 실습이 무사히 끝난다.

도대체 이놈의 습관을 어찌할 수가 없다. 나는 이런 핑계를 대면서, 이런 엄살을 떨면서 나의 자해를 합리화한다. 나처럼 열등한 두뇌를 가지고서, 다른 식으로는, 면도칼의 당치 않은 존재 이유를 도저히 납득할 수 없는 것이다. 생각한다, 존재한다, 구토한다, 존재한다, 치통을 앓는다, 존재한다, 반항한다, 존재한다…… 어느 순간 나는 서랍에서 면도칼 상자를 꺼내고, 겉지와 속지를 벗겨내고 면도칼을 한 손에 든다. 그리고 다른 쪽 손목에 칼질을 한다. 일이 끝나면, 피가 묻은 휴지를 휴지통에 버리고, 면도칼을 겉지와 속지로 곱게 싸서 상자에 담아 서랍 속에 모셔둔다. 아무래도 '출혈'을 감수하지 않는다는 점에서 자해보다는 자위가 낫지 않을까라는 생각을 하면서.

시간이 꽤 흘렀다. 지금, 나의 두 손목은 다양한 길이와 빛깔과 두께의 선들로 덮여 있다. 팔뚝까지. 나는 내 몸속의 피를 좀 거나하게 덜어내기 위해 특수한 곳을 찾아간다. 당신도 피를 뽑으실 건가? 하얀 차 속의 하얀 여자가 내 몸을 가볍게 훑어보더니 묻는다. 체중은 되는감? 살점이 없으면 피도 못 뽑아. 그 정도는 된다고 나는 우겨본다. 하얀 여자가 믿으려 하지 않았기 때문에 헌혈 차 속에서 체중을 재야 했다. 피는 둘째고, 살이나 더 달고서 와! 내 뒤에서 문이 '쾅' 소리를 내며 닫혔고, 하얀 차는 하얀 가스를 내뿜으면서 내 눈앞에서 사라졌다. 내 몸속엔 지저분하고 나쁜 피가 끓고 있고, 그 피를 '주우욱' 뽑아내고 싶은데, 그 소박한 바람조차 충족되지 않는다. 나는 심한 불쾌감과 우울함을 느끼면서 집으로 돌아왔다. 불만과 아쉬움 속에서 이틀이 지나갔다. 48시간 동안 나는 면도칼에 손을 대지 않았다. 어째서인지 그랬다. 아마, 할 일이 많아서였을 게다. 수면 부족, 소화 불량, 각종 통증들, 벅찬 노동…… 이런 식으로, 나는 쉬고만 싶고 자고만 싶은 나의 게으름을 정당화해본다.

3일째 되는 날 나는 몹시 아팠다. 세 차례에 걸쳐 매번 두 알의 진통제를 먹었다. 그러나 통증은 사라지지 않았다. 혼자 힘으로 통증을 물리치지 못하고 비겁하게 진통제에 호소했다는 생각 때문에, 머리와 몸은 더 무겁기만 했다. 방바닥에 축 늘어져서, 책장을 넘기던 나는 차츰차츰 밑으로 잦아들고 있었다. 책장이 한 장씩 넘겨지고, 내 속 깊은 곳에서 꺼어-억 하는 구토가 치밀어 올라온다. 정말 메스껍다. 그러고 보니 하루 종일 삶은 달걀 하나 외에는 아무것도 먹지 않았던 것이다. 생각이 여기에 미치자, 내가 왜 하필 그 하나의 삶은 달걀을 먹었는가, 사과도 있고 비스킷도 있었는데 왜 하필 달걀이었던가, 왜 그래야 했던가, 하는 가당찮은 의문이 생긴다.

하루 종일 삶은 달걀 하나만을 먹고 잠이 든 뒤, 꼬리에 정말로 방울이 달린 방울뱀, 머리는 없는데 이상하게 모자를 쓰고 있는 보아뱀, 동물원 우리 안에 박제처럼 누워 있는 털이 난 악어 등 온갖 기형 파충류들이 내 몸을 만신창이로 만들려는 순간, 나는 비명을 지르며 눈을 떴다. 보이는 건 어둠뿐이었다. 새벽 5시에, 머리까지 곱게 빗겨서 당신을 보내지 않았던가. 커튼을 걷을 생각도, 창문을 열 생각도 하지 않는다. 책상 앞에 앉아, 어제 읽다가 조금을 남겨둔 책을 편다. 마지막 페이지다. 주인공은 글을 쓰기 시작하고, 그의 도시에는 비가 내릴 것이다. 나는 마지막 줄을 읽고 책을 덮는다. 그리곤, 참으로 촌스럽고 참으로 남부끄러운 '사랑'이라는 말에 대해, 그 행위에 대해 생각한다. 그러다가 서랍을 연다.

언제나 그 자리에 조그만 종이 상자가 놓여 있다. 언제나 그 속엔 푸른 줄무늬가 있는 기름종이로 포장한 면도칼이, 다시 하얀 종이에 싸여서 빽빽하게 들어서 있다. 무려 10개나 된다. 나는 맨 처음 것을 꺼

낸다. 내가 언제나 사용하는 것이다. 이것이 닳아야만 다음 것을 쓸 수 있을 것이다. 칼날은 처음처럼 예리하고 차고 매혹적이다. 이렇게 습관적으로 실습을 하는데도 매번, 색다른 쾌감을 느낀다. 그뿐만이 아니다. 매번 기술이 늘고 애정이 쌓여간다. 칼날에 대해서? 아니면 '내 사랑' 당신에 대해서? 아니면 사랑이라는 총체적 정황에 대해서? 아니면 사랑의 구체적인 행위에 대해서? 글쎄. 나는 생각을 여기서 차단하고, 면도칼을 약간 비스듬히 세운 채 손목에 얹는다. 뾰족한 끝을 깊게 누른 뒤, 천천히 긋기 시작한다. 알싸한 고통의 순간이 몇 초간 지속된다……

칼날을 들어올린다. 은빛의 속살 외에는 아무것도 없다. 어째서 피가 보이지 않을까. 나는 두꺼운 선이 그어졌다기보다는, 살이 찢어지고 그 틈으로 속살이 드러났다고 해야 할 곳을 자세히 들여다본다. 엷은 살색이 금세 사라지고 검푸른 선이, 어쩌면 검붉다고 해야 할 선이 어렴풋이 보인다. 혈관이구나! 나는 감동했다. 당신이 떠난 날 아침에, 나는 내 몸속의 혈관을 본 것이다. 조만간 나는 칼날이 혈관에 닿는 황홀

한 순간을 경험하리라. 어느새 핏물이 잔뜩 고여 팔목 주위로 넘쳐난다. 몇 번씩 닦아내도 피가 멎질 않는다. 나는 당신이 내게 해준 대로, 혀끝으로 환부를 만져본다. 따갑다. 피는 여전히 멎지 않는다. 아마 혈청에 이상이 있나 보다. 성가시다. 나는 하나 남은 반창고로, 내 손목의 열린 곳을 막아버린다. 몇 시간 후, 나는 핏자국이 남아 있는 지저분한 반창고를 뜯어서 쓰레기통에 버렸다.

당신은 저녁에 전화를 했고, 나에게 사랑한다고 말했다. 미안해. 사랑해. 당신은 수화기에 입을 맞춘다. 나는 당신의 키스를 '듣는다.' 다슬기를 빨 때 나는 '쪽' 소리가 내 귀를 간질인다. 뜨겁고 축축한 혀의 감촉이 내 청각을 타고 흘러와 나를 온통 자극한다. 전화를 끊은 뒤, 나는 후회한다. 당신을 괴롭힌 것에 대해. 그리고 침대에 눕기 전, 다시 한 번 손목을 건드린다. 아주 가늘게, 그렇지만 길게. 핏물이 은근히 고이기만 할 뿐 흐르진 않는다. 살갗을 살짝 열어둔 채 나는 잠이 든다. 그 잠 속에서 나는 나의 질식할 듯한 에고이즘에, 항문기적인 나르시시즘에, 한껏 침을 뱉어준다. 고귀한 것은 당신이나 내가 아니다. 나에게 쏟아 부어지는 당신의 그 사랑뿐이다. 나를 통해서 환기된 당신의 그 엄청난 상황, 흔히들 사랑이라고 부르는 그 상황일 뿐이다. 나머지 물질적이고 심리적인 갈등과 행복은 모두 다 '위대한 통속' 속에 포함되어야 하는데, 그것은 도저히 말로 표현할 수 없으며, 설사 표현한다고 할지라도 '유치함'의 수준을 벗어나지 못할 것이다. 따라서 나는 본질상 너저분할 수밖에 없는 「소설 초고」를 벗어난 곳에서 몇 마디 하지 않을 수 없다. 물론, 지금과는 좀 다른 상태에서, 상처가 좀더 아물고 난 뒤에.

'위대한 통속'의 소설화에서 발생하는 문제
—그는 왜 그렇게 쓸 수밖에 없었던가

"사건은 이미 터지고야 말았다. 사태다!"

바로 본론으로 들어가자. 기어이, 최초에 내가 그토록 '그러지 말자' 다짐했고 일이 진행되는 도중에도 '이러지 말자'고 질책했음에도 불구하고, 여기저기에 통속적인 연애담을 늘어놓고야 만 것이다. 그야말로 사단이 난 것이다. 웬만하면 슬그머니 꽁무니를 감추려 했지만, 앞으로 이어질 장들 역시 통속함과 범속함과 지루함과 비루함의 사각 지대 안에 들어 있는 것이므로 이쯤에서, 여태까지 미루어두었던 변명을 하지 않을 수 없다. 요컨대, 왜 소설은 통속적인 것을 다룰 수밖에 없는가 하는, 답은 대단히 분명하지만 수시로 던져보지 않을 수 없는 그 물음.

이 물음에서 '통속적인 것'을 '구체적인 것,' 또는 '너저분한 것'으로 대체해도 별 무리가 없음을, 특별히 강요받은 것은 아니지만, 어느 유명인의 강의에서 훔쳐온 이 말을 천연덕스럽게 작은따옴표로 묶은 바로 이 순간, 분명하게 예상되는 타인들의 보이지 않는 억압에 지레 겁을 먹고서(먹은 체하면서), 밝혀둔다. 이 문제를 논함에 있어서, 여러 가지 방법을 사용할 수 있겠으나 이 장에서는 각별히, 특정 출판사에서 발간하는 특정 잡지의 편집 동인으로 활동 중인 특정 비평가에게 '변명'('해명'이 아님에 주의하라, 나도 염치가 있는 놈이다)을 하는 방식을 택하겠고, 이러한 방법론은 그 자체로서 충분히 미덥지 않은 구석이 있음을 노출하는바, 아기자기한 동화나 감동적인 로망이 진행되기는 어려울 것이 분명하므로, 당신이 이 장을 훌쩍 건너뛰고서 몰랑몰랑하고 따끈따끈한 살점이 느껴지는 다음 장으로 넘어갈지라도 별로 아쉬울 것이 없음을, 역시 미리 밝혀둔다. 더불어, 어찌해도 부실하게 끝나고야 말 이 장에, 먼저 간, 혹은 먼저 가고 있는 사람들의 말들이 대거 녹아들어 있음을 나 자신의 무능력을 인정하는 차원에서 지적해둔다. 그 외에도 익명의 다수, 당신들로부터 각종 시비가 예상되지만, 내 갈 길이 멀기 때문에, 열 길 사람 속의 미궁에 대한 추측은 생략하고 본론으로 들어가도록 한다.

20세기가 저물어갈 무렵, 90매를 넘지 않는 소설을 써달라는 청탁을 받았다. 이후, 나는 '90매짜리' 소설에 대해 생각했다. 진정이다, '이걸 소설로 써보면 어떨까' 혹은 '요놈, 이거 괜찮군'이라는 군침 도는 생각도, '소설의 존재론적 가치는 어디에 있는가' 혹은 '인간의 거대 대화의 한 양식으로서 소설적 담론은 여타 다른 담론과 어떻게 구별되는가'라는 지나치게 숙연하여 자칫 웃음을 자아낼 수 있는 생각도 아닌, 밍밍하고 한심하기 짝이 없는 '90매짜리 소설'에 대해 생각했다는 것이다. 내가 다른 일을 모조리 제쳐두고 대부분의 시간 동안 글을 써서 그것들을 인생의 첫번째 책으로 만든 지 얼마 되지 않아, 나는 난관에 봉착했다. '소설가'라는 명칭이 나의 이름 앞에 (뒤도 아니다!) 버젓이 붙고 난 뒤로, 역설적이게도, 나는 소설 (쓰기) 자체에서 느꼈던 달콤한 쾌락을 반 이상(전부라고 하면 아무래도 과장이 너무 심하다) 포기하지 않을 수 없게 됐다.

다시 논점으로 가보자. 90매짜리 소설. 여기서 나는 두 가지에 주목한다. 즉 원고지 90매라는 분량과 단편소설이라는 장르. 결론인즉 아주 짧으면서도(여태껏 이렇게 짧은 공식적인 글을 써본 적이 맹세코 없다) 감쪽같이 완결된 '거짓말'(거짓말은 모름지기 길어지게 마련이다)을 써야 한다는 것.

'짧음.' 이것은 나에게 모종의 굴레임이 분명하다. 나는 오랫동안 누군가를 괴롭혔던 '강요,' 즉 '짧음에의 강요'를 받아오고 있다. 달리 말해, '장황에의 억압'을 당해오고 있다. 물론 나도 때때로, 얘깃거리가 없어서, 혹은 원래 할말이 '딱' 그것뿐이어서, 혹은 두통이나 위통이 너무 심해서 짧게 쓰는 일이 있지만 처음부터 '짧게! 짧게! 짧게!'를 외치면서 나의 옆구리를 쿡쿡 쑤셔대는 고약한 억압에는, 몸 전체를 싹 빼내지 않고서는, 어떻게 당해낼 재간이 없다.

'거짓말.' 바로 여기에 나의 '변명'의 핵심이 있는 바, 소설과 삶의 경계 이월 · 픽션과 논픽션의 대대적인 혼란 · 상상과 현실의 상호적 바스러짐과 어그러짐 등을 내가 저지른 실수의 일차적인 원인으로 상정할 수 있다. 나는 그 치명적인 실수가 있기 전까지 두 세계 사이의 거리를 유지하면서, 여기저기서 주워들은 남의 말을, 좋게 말해, 창조적으로 조합해서, 나쁘게 말해, 슬쩍 도둑질해와서 개연적인 거짓말로 꾸며내는 일에 다분히 재주를 부리고 있었다(이 또한 주위로부터 주어진 억압이라면, 어쩌랴). 하지만 나에게도, 초두에 거창하게 내놓은 '위대한 통속' 중 가장 위대한 통속이 일어나고야 말았고, 나는 20년 묵은 습관을 어찌하지 못하고 그만 글로 써서 그것을 '거짓말'이라는 이름으로 공개하고야 만 것이다. 거짓말을 해야 할 자리에서 거짓말을 하지 않은 것, 게다가 나의 노동을 고려할 때 상당히 부당한 돈을 받아 챙긴 것은 (비록 많지 않은 액수였지만) 여러 가지 증언과 증거에 의할 때 법률적인 죄는 못 되지만, 나의 내부에서 들끓는 후회와 원성으로 보아 양심상 죄가 되고도 남음이 있다. 그렇다면 나로 하여금 차마 거짓말을 하지 못하도록 함으로써, 전대미문의 죄를 안겨준 그 통속적 사건이란 무엇이던가.

'연애.' 이것은 논지에서 벗어나는 것이 아니라 커다란 논지의 일례로서 제시되는 것이니 '이런 점잖은 자리에……'라고 하면서 혀를 끌끌 차거나 눈살을 찌푸리지 말기 바란다. 처음부터 내가 몇 겹으로 은닉된 화자를 전면에 내세우는 방식으로써가 아니라 척 보면 고양이 어쩌구를 쓴, 그러나 고양이를 전혀 닮지 않은, 그러나 너구리 닮은 절름발이 고양이를 키우는 작자라는 걸 단박에 알아차리도록 시작해버린 이 장에서, 다른 누구의 연애도 아닌 나 자신의 연애에 대해 물리적으로, 육체적으로 써 내려가는 것은 참으로 점잖지 못한 일이 될 것이다. 그래서 나는 '왜 그는 그럴 수밖에 없었는가'가 궁금하면 당신들이 직접 연애를 해보라, 라는 식의 도발적인 명령을 하고 싶은 마음 굴뚝 같지만 자리가 자리인 만큼 얌전히 다른 길로 들어서려 한다. 현재의 체험이 너무

강렬하여 거짓말인 듯 써놓은 것이 나 자신이 보기에도 너무 유치하여 도저히 지우지 않을 수도 없고, 그렇다고 차마 쓰지 않을 수도 없는 이 지점에서 어찌 방향을 틀지 않을 수 있겠는가.

'책' 혹은 '글.' 메타적인 것이 아주 자주 육체를 얻어서 사람을 혹하게 만드는 것은 보편적인 현상인데, 건전하고 건강한 인간이 되려면 추상과 구체의 균형을 잃지 말아야 함도 자명한 사실이다. 바로 여기에 모든 예술 탄생의 메커니즘이, 동시에 바람직한 미학적 태도의 핵심이 들어 있지 않은가. 그러나 이미 90매짜리 소설은 씌어졌고 세간에 공개되어 볼 만한 사람들은 다 보게 되었으며, 이로써 나는 치욕의 고배를 마셔야 했고 온갖 멋진 억압과 강요를 당했다. 그러나 어쩌랴? 단 한 번 능욕을 당했다고 해서 질 좋은 면도칼로 동맥을 끊을 것인가, 아니면, 아예 단 한 편의 연애소설, 마지막 연애소설, 연애학 개론, 연애 생활 리서치 등 능욕이 내게 열어준 새로운 길로 들어설 것인가? 우선 난 위대한 통속 앞에서 숙연하게 묵념한다. 그리고 어떻게, 이 골치 아픈 통속을 그럴싸한 소설로 만들 수 있을까 생각한다. (휴지. 생각에 잠긴 포즈) 그렇다! (욕조의 물이 철렁 넘쳐나고 부력의 원리가 발견되고 한 인간이 알몸으로 욕조에서 뛰어나와 달리기 시작한다) 바로 이것이다. 앞으로 내가 제대로 된 한 편의 90매짜리 소설을 쓰기 위해서, 언뜻 보기에는 상당히 나태한 방식인 듯하지만 그 촘촘한 결을 들여다보면 온갖 정신적 육체적 사건들이 부지런하게 일어나고 있는 '기다림'을 택하기로 한 것이다. 이제 당면 과제는 단 한 가지, '기다림'을 무엇으로 채울 것인가, 하는 것. 당신이 이미 나를 좇아(쫓아?!) 여기까지 온 이상, 당신은 당신과 나를 제외한 뭇 사람들은 절대 알 수 없는 비밀을 공유하게 된 것이다. 즉, 당신과 나는 내가 기다림을 견디기 위해서 어떤 가공할 만한 죄를 저지르고 있는지를 알아가고 있는 것이다. '죄? 너무 떠벌리는군'이라고 코방귀를 뀌면서 책장을 덮어버려도 당신은 용서받을 수 없다. 이미 절반 이상을 왔으므로, 아니, 이미 발을 들여놨으므로.

이 정도로 열심히 '변명'을 했으니, 다음 장을 그

냥 넘기는 것은, 버스값과 밥값과 휴지값을 절약하여 이렇게 값비싼 책을 산 한 인간으로서 참으로 못할 짓임을 상기시키면서 이 장을 끝내도록 한다.

어그러지는 말들

오랜만이죠. 사실 여기를 다시 찾게 되리라는 생각은 못 했습니다. 하지만 사람 일이라는 게 어디 그런가요? 예기치 못한 일들이 터지고, 그러다 보면 계획에 없던 일들을 더 많이 하게 되죠. 제가 반갑지 않으십니까?

반갑지 않냐고? 나(너)는 너무 반가워서 혀를 깨물고 자결을 하고 싶을 정도다. 불과 한 달이 못 돼서 그가 다시 나(너)를 방문한 것이다. 그의 폭력적 행위에 관해서 나(너)는 속수무책이다. 그의 예기치 못한 두드림을, 웃는 얼굴로, 상냥한 귀기울임으로 받아주는 것이 나(너)의 본질인즉. 하여, 그는 마음놓고 떠들기 시작한다. '이 모든 괴로움을 또 다시!' 어찌 반갑지 않을쏘냐.

그동안 참 적지 않은 일이 있었습니다. 당시로는 꽤나 진지했지만 지금 보니 우스꽝스럽기 짝이 없는, 말하자면, 자살 유희라고나 할까, 참을 수 없는 존재의 가벼움이랄까, 아니면 그 반대로 너무도 쉽게 참을 수 있는 존재의 무거움이랄까, 어쨌든 간에, 그 따위 것이 저의 거의 모든 시간을 채웠던 때가 있었지요. 그러다가, 연애 어쩌구 하더니, 아 참, 「소설 초고」는 어떻게 다 읽으셨습니까? 아, 예, 그러시겠죠. 뭐, 아무튼 읽기 시작하셨다니 절반은 된 겁니다, 암요, 그렇고말고요. 뒤로 가면 성스럽디성스러운 얘기도 있고, 범속하디범속한 얘기도 많거든요, 뭐, 이제 읽으면 아시겠지만요. 당신이 「소설 초고」를 저에게 다시 보내주기 전까지는 어떻게 달리 기다릴 도리가 없어서, 새로운 글을 시작했습니다. 제목 하여, 단 두 글자 '파국'입니다. 처음엔 '파국에의 예감'이 좋을까, '파국에의 상상'이 좋을까 고민했는데, '짧음'을 하도 되뇌다 보니 저절로 해답이 나오더군요. 오래전부터 생각했던 것인데 이제 본격적으로 쓰고 있습니다. 그것이 정말 저를 파국으로 몰아넣습니다. 제가 불러온 가공의 인물들과 과장되고 조작된 감정들이 완벽한 현실로 다가옵니다. 몹시 두렵군요. 후후 말하자면 파국이 오고 있다, 이겁니다. 한데, 이놈의 것들이 상상했던 것만큼 그렇게 휘황찬란한 것이 아니더군요. 그저, 지루할 따름입니다. 가끔 우울하기도 하고 슬프기도 하고, 뭐, 짜증이 나기도 합니다. 온갖, 유치한 감상들에 젖어들죠. 저도 이젠 황혼녘의 병균에 감염됐나 봅니다. 한때는 제 인생에 서광이 비치는가 했죠. 애인이 생기고, 결혼과 가정을 꿈꾸고, 뭐 있잖습니까, 생물이면 무엇이나 긴코너구리나 흰얼굴원숭이나 기린처럼 마른 알래스카곰이나 할 것 없이 다 하는 수작들, 그런 일차원적인 욕망을 키웠다는 겁니다. 어느 순간 그 모든 것들이 지겨워졌습니다. '권태롭구나, 슬프구나' 이렇게 시작되는 시도 있지요. 서른도 되기 전에 인생의 쓴맛 단맛을 다

보았다며 기고만장해하던 어느 오만한 시인이 늘어놓은 넋두리랍니다. '에이, 배때지가 불러터진 녀석' 하고 욕을 했지만, 지금 내 꼴이 이렇지 뭡니까. 아이구, 지겨워라, 아이구, 슬퍼라, 히히, 남의 일이라고 그렇게 함부로 웃지 마십시오. 저도 나름대로 심각합니다. 오죽하면 제가 허벅지까지 찔렀겠습니까?

허벅지, 허벅지라. 지나치게 '피지컬'한 곳이다. 한때 면도칼로 손목에 선을 그어대던 그가 어느새 고차원적인 형이상학을 냅다 집어던지고, 밑바닥의 형이하학을 집어든 것이 틀림없다고 나(너)는 생각한다. 나(너)의 숨소리도 새어 나가지 않고, 나(너)의 코털 하나 노출될 위험이 없는 이 은막 뒤의 공간에서, 나(너)는 슬슬 지저분하고 추잡한 상상을 하기 시작한다. 허벅지라…… 나(너)의 시선은 점차 위로, 위로, 중앙으로, 중앙으로 조금씩 이동한다. 그러나 우리의 엉큼한 시선이 절정에 이르려는 그 지점에서 그는 밉살맞게도 입을 열어버린다.

허허, 이거 점잖지 못한 생각을 하지는 마십시오. 청상과부가 밤이면 밤마다 제 허벅지를 찌른다지만, 그런 것과는 전혀 상관없습니다. 단지, 제 몸에서 지나치다 싶을 만큼 살이 많이 붙어 있는 곳을 골랐을 뿐이지요. 그것 참, 그곳은 살집이 엄청나게 딱딱하고 묵직하더군요. 푹 찔렀는데, 칼이 얇아서인지, 피는 많이 나지 않습디다. 다음날은 방 안에 쿡 처박혀 있었답니다. 왜냐고요? 당연히, 다리가 아파서지요. 피가 별로 나지도 않고, 당장은 별로 아프지도 않아서 몇 군데 상처를 더 냈는데, 자고 나니 엉망이 돼 있더라고요. 흉터는 둘째 치고라도(사실 남의 허벅지를, 그것도 바깥쪽도 아닌 안쪽인데, 누가 볼 일이 있나요, 어디) 욱신욱신 쑤셔서 걸을 수가 있어야지요. 오늘은 그래도 좀 움직일 만하더군요. 이 비생산적이고 미친 수작이 전부 다 권태와 우울 탓이지요. 그나마, 아직 정신이 있으니 이렇게라도 발버둥치는 게 아니겠습니까? 흑흑…… 고백하자면, 저는 정말 슬픕니다. 그 꿈같은 나날이 어떻게 지나버렸을까, 안타깝기만 합니다. 제 애인이 저를 배반했냐고요? 아닙니다, 아니에요. 구태여 말을 하라면, 제가 저의 착하디착한 애인을 배반해버렸지요. 이런 배은망덕하고 염치없는 인간이 또 있나, 하고 비난을 하셔도 됩니다. 하지만 어쩝니까, 전 정말 지겹습니다. 한때, 함께 있으면 그렇게 행복했던 애인도 이젠 전혀 예쁘지 않아요. 그땐 방귀 뀌는 것도, 코 후비는 것도, 침 흘리는 것도 예뻤지요. 하지만 지금은 어떻게 치장을 해도 미워 보이기만 합니다. 얼마 사귀기도 전에 이 모양이니, 몇 십 년을 같이 산 부부들은 어떨까, 정말 끔찍합니다. 아니, 경이롭습니다. 어떻게 한 인간이랑 몇 십 년을 같이 사는지, 나 참.

당신이 직접 살아봐!라고 소리치고서 나(너)는 그만 이 자리를 떠나고 싶다. 이런 지겨운 잡설을 듣는데 진력이 났지만 나(너)는 이 자리를 떠날 수 없다, 예정된 시간이 오기까지는.

그만 헤어지고 싶기도 합니다. 결혼을 한 것도 아니니 간단한 일이죠. 하지만 인간들의 관계, 특히 남녀 관계라는 것이 워낙 복잡하고 지리멸렬한 것이라서 쉽사리 결단이 나야 말이죠. 어떤 남자가 싫증이 난 아내를 숙취에 비유하더군요. 달랑 들어서 창밖으로 던져버리기엔 너무 무거워졌고 어디 먼 곳으로 데리고 가서 슬쩍 버려놓고 오기엔 너무 교활해빠진, 쭈글쭈글한 '거시기'에 엉큼한 음욕만 잔뜩 품고 있는 역겨운 마누라. 애까지 낳았으니 '거시기' 속도 맥주병 하나는 거뜬히 들어갈 만큼 넓어져 있겠죠. 으…… (그는 혐오의 말을 내뱉는지, 입맛을 다시는지, 알 수 없는 이상한 소리를 낸다) 참 그럴싸합니다. 숙취라는 게 그렇지 않습니까? 술을 즐기는지 모르겠지만 저는 거의 중독자에 가깝습니다. 하는 일이 워낙 술과 가까운 것이다 보니 나도 모르는 새에 술에 절어들게 됐죠. 처음엔 내가 술을 먹지만 점차 술이 나를 먹고 나중엔 주객의 경계가 허물어져서 누가 누구를 먹는지 알 수 없게 됩니다. 의식이 담배 연기와 함께 가물가물 날아가버리고 필름이 탁, 탁 단절적으로 끊기고 눈을 떠보면 남아 있는 건 '거시기'에까지 배어 있는 술 냄새와 담배 냄새, 삭신 쑤시는 각종 통증뿐입니다. 시간이 지남에 따라 그 냄새와 통증의 정도는 더욱 심해져서 아마 나이 50쯤 되면 내장 속까지 배어들 겁니다. 좌우간, 그놈의 숙취란 그런 겁니다, 정 떨어진 아내처럼. 정 떨어진 애인도 마찬가지일 듯싶습니다. 애인이 미워지기 시작하자 저절로 다른 곳으로 눈길을 주게 되더군요. 조만간 이놈의 '다른 곳'에 대한 얘기를 해드리겠습니다. 40대의 능란한 유부남과 20대 초반의 순결한 처녀와의 불륜 관계인데, 실제로 이런 관계를 맺는 것은 현실적으로 불가능하니까 상상 속에서 키워보는 거죠. 제목은 '어떤 동시성에 관하여'라고 진작부터 정해놨습니다. 그러니까 한 인간이 '동시에' 두 사람을 사랑할 수 있는가, 에 대한 아주 섬세하고 심도 깊은 드라마가 되겠지요. 물론 세부적으로 들여다보면 감정의 질이나 양에 차이가 있겠고, 시간차도 조금은 있을 겁니다. 아주 물리적으로, 아니 '음탕'하게 말씀드려서, 정상적인 상황이라면 한 여자의 성기에 두 남자의 성기가 동시에 들어갈 수는 없지 않습니까? 그 반대도 마찬가지죠. 한 남자가 동시에 두 여자를 만족시켜줄 순 없을 테니까요. 제가 여기서 말하는 동시성은, 따라서, 차라리 이런 것에 가까워요. 즉, 아침에는 성서를 읽고 밤에는 포르노 사이트를 섭렵한다거나, 안방의 침대에서는 남편과 정사를 하고 호텔의 침대에서는 정부와 정사를 한다거나, 좀더 바람직한, 아니 평범한 예로는, 밤에는 배우자와 광적으로 육적인 사랑에 탐닉하고 낮에는 회사에서 역시 광적으로 업무에 매달린다거나 등. 간단히, 서로 양립할 수 없다고 생각했던 두 가지 상반되는 행위가 한 인간에게 공존한다는 아주 빤한 얘기죠. 이걸 가장 드라마틱하게(이번에도 통속적이지만) 보여줄 수 있는 테마가 '불륜'이 아닐까, 특히 성적 경험은커녕 연애 경험도 전혀 없는 어린 처녀와 사랑의 단맛 쓴맛 신맛을 다 본 중년 남자의 사랑이 아닐까, 라고 생각해본 거죠, 헤헤.

그는 잠시 저속하게(분명 저열하고 속되다) 웃는다. 어쩌면 그도 나(너)처럼 시계를 보면서 자신에게 남은 시간을 가늠하는지도 모른다. 그렇다면 나(너)

로서는 다행이다. 인간이란 본질적으로, 이다지도 타인과 공감할 수 없는 존재인 것이다. 적어도 진정성에 대한 욕심을 부린다면 공감이란 전혀 불가능하다. 이렇게, 나(너)는 내(네)가 그에게 공감하지 못하는, 서로가 서로를 이반하는 이 가소로운 비극을 정당화한다. 그러면서 그저 이 자리에 있을 뿐.

하지만 관계를 만든다는 건 쉬운 일이 아니죠. 자리에 누워 고약한 상상으로, 제가 눈길을 터놓은 여사여사한 사람을(사람들이라고 해도 상관없죠, 뭐) 찔러보다가 그냥 잠이 들게 되는데, 아침에 눈을 떠서 제일 먼저 찾게 되는 건 역시나 고놈의 애인입니다. 습관이란 무서운 거죠. 지긋지긋해요. 애인이 항상 내 곁에 있는 건 아니니까, 눈에 보이지 않을 땐 각종 통신 도구를 이용해서 애인의 상황을 알아본답니다. 처음엔 둘 다 상대방에 대한 엄청난 욕망 때문에 이렇게 유치하고 소모적인 짓거리를 피할 수 없었지만 이젠 판에 박힌 습관이 돼버린 겁니다. 전화를 끊고 나면 허망함을 느끼고 쓸데없이 시간과 말만 낭

비했다고 생각하기도 하지만 어김없이, 또 다시 전화를 걸게 됩니다. 통화를 하면 또 즐겁고 행복하죠. 그러다가 또 만납니다. 만나면 행복하고, 헤어질 때는 너무 슬퍼서 눈물이 나죠. 이런 걸 사랑이라 부르던가요, 빌어먹을. 이젠 이런 욕지거리를 하고서도 죄송하다는 말 한마디하지 않는다고, 저를 욕하진 마십시오. 연애를 하면서 저는 욕에도 이력이 났답니다. 씨발, 어쩌다가 입이 이런 꼬락서니가 됐는지. 처음엔 일이 잘 안 되면 그저 '씨이……' 하고 길게 늘여서 그럴싸한 비애까지 곁들여 미학적으로 발음하던 것이, 감정을 추슬러서 '이……'를 지우는 쪽으로 나가지 않고 뒤의 모호한 음절 '이……'를 싹 잘라내고선 '발'을 붙이는 쪽으로 나갔지 뭡니까? 젠장, 씨발. 도대체, 인간이란 이런 동물입니다. 이렇게 하찮은 일로 욕을 하고, 멀쩡한 전화를 건드려선 얼굴도 모르는 사람에게 쓸데없는 말이나 늘어놓고, 마찬가지로 이런 말들이나 들어주면서 밥벌이나 하고. 도대체 넌 뭐야? 뭐 한다고 귀를 쫑긋거리고 눈알을 떼굴떼굴 굴리는 거야?

앗. 이건 나(너)의 얘기가 아니던가. 청자이자 독자이면서 화자이자 작가인 나(너)는 얼떨떨하다. 그가 무슨 권리로 나(너)의 신성한 권리와 정당한 생존 방식을 매도하려 하는 것인가. 어쨌건, 시계를 보라. 이제 이 지루한 '같잖은' 극의 대단원의 막을 내릴 시간이다. 지금까지 쏟아놓은 온갖 잡설과 배설물들을 거두어들이도록 하라. 만약 그럴 수 없다면(분명히 그럴 수 없을 테지만) 그냥 조용히, 자신의 혀를 입속으로 집어넣도록 하라. 그리고 침묵하도록. 그가 침묵하면 세상이 조용해진다. 세상 전체가 잠드는 것이다. 그것은 나(너)의 소멸을, 일시적이든 영구적이든, 소멸을, 소멸에의 환희를 의미한다. 나(너)는 그에게 만성적인 권태와 순간적인 불안을 잘 극복하고 애인에게 충실하거나, 지금이라도 이성적으로 판단해서 애인이 애인으로서 부적합하다는 생각이 들면 애인과 헤어지는 것이 좋겠다, 라는 아주 착실하고 완곡한 충고를 한다.

음, 시간이 다됐군요, 충고를 하시다니. 끊을 때가 됐다 이 말씀이시죠. 하하. 좌우간 들어주시느라고 수고하셨고, 나 또한 말하느라고 고생했으니 우리 모두 잘 자도록 합시다. 오늘은 그래도 형식을 갖추어서 전화 상담인지 뭔지 하는 것을 마무리하게 되는군요. 흐흐. 그나마, 거시기 뭐냐, 입맛을 다실 만한 음담패설이 없었던 것이 서운하셨겠지만 그거야 앞으로 기회가 있을 테니 염려하지 마슈. 「소설 초고」를 뒤져보면 '성적이지만, 아마 에로틱하지도 관능적이지도 않고, 심지어 야하지도 않은'이라는 엽기적인 제목의 장이 있을 테니, 그거나 한번 보시구려. 그럼, 안녕히 계슈.

그 누구의 눈에도 보이지 않는 절대자가, 역시 보이지 않는 가위로 전화선을 싹둑 잘라버린 듯 그렇게 그의 전화가 끊긴다. '우-유' 하는 모음이 유난히 귀를 간질이는 억지 사투리가 아직도 나(너) 주위를 맴돌고, 나(너)는 여기를 떠난다.

'사랑을 위하여'

이건 아주 짧은 얘기다. 외적인 상황은 전혀 필요 없다. 그와 그녀가 몇 년을 같이 살아온 부부이건, 첫눈에 몸이 맞아 뜨거운 첫날밤을 맞이하게 된 어린 로미오와 줄리엣이건, 이별의 문턱에 들어선 애틋한 연인이건. 아무튼 그들은 '사랑'을 시작했다. 그것은 '메마른'에 반대되는 어떤 것이다. 흔히들 '메마른 섹스'라고 말하는데 이것의 반의어는 뭘까. '메마른'의 반의어로 '축축한,' '젖은' 따위를 쓸 수는 있겠지만, 뭔가 부족하다는 생각이 든다. 정상적인 경우라면 섹스는 늘 축축한 곳에서, 축축한 곳을 따라, 시종일관 축축하게 진행되며 끝이 나고 난 다음에도 한동안 축축한 상태로 남지 않는가. 어떻든 그와 그녀는 뭐랄까, 메마르지 않은, 오히려 아주 열정적이고 다정한 '사랑'을 나누고 있었다. 일이 아주 짧게 끝나는 때도 있지만(그들에게도 쾌락 원칙을 넘어선 현실 원칙이 중요할 때가 있기 때문이다) 지금처럼 길고 길게, 어쩌면 절정의 순간을 일부러 지연시켜가면서까지 길게 하기도 한다. 그것은, 우리에게 주어진 하루 24시간에 몇 시간을 더해서 25시간을 함께 있어도 모자랄 것 같은 두 연인의 심리적인 끌림—사랑—을 물리적으로 옮겨서 눈앞에서 현현시키는 가장 훌륭한 방법 중의 하나가 육체적인 의미의 '사랑'이기 때문이다.

그들의 눈과 몸짓과 손짓이 절묘하게 맞아떨어져 서로가 '사랑'을 하고 싶어함을 확인하게 됐을 때 그들은 서로의 옷을 벗긴다. 그들은 오랫동안 아무 말 없이 상대의 몸을, 일찍이 자신의 몸에는 결코 베푼 적이 없는 따뜻하고 열렬하고 성실하고 도발적이고 내밀하고 섬세한 움직임으로 '사랑'한다. 하나가 하나의 가슴에 얼굴을 묻거나, 서로의 목을 휘감는 방법으로 서로의 몸에 밀착되거나, 눈을 지그시 감은 채 서로의 입속 깊은 곳을 쓰다듬거나 하여 서로의 얼굴을 보지 못하는 때도 있다. 그렇게 시각을 희생하여 촉각과 후각과 청각과 미각의 욕망을 만족시키고 나면, 그들은 체위를 조금씩 변화시켜 네 개의 눈을 커다랗게 뜨고 서로의 얼굴을 바라본다. 이미 본격적으로 '사랑'이 시작됐을 수도 있다. 그의 몸이 오래전에 그녀의 몸속으로 깊이, 깊이 몇 번씩 움직여 들어와 두 사람의 몸이 이미 땀으로 흠뻑 젖어 있을 수도. 그들은 자신들의 배와 가슴과 허벅지에 흥건히 고여 있거나 몸의 경사를 따라 흘러내리는 짭짤한 액체를 보면서 커다랗게 웃기도 한다. 커튼을 바꿔야겠어. 이건 너무 두꺼워서, 더운 여름엔 적합지 않아. 내일 사러 가자. 하지만 너 내일 출근해야 되잖아. 저녁에 사면 되지. 쌀이 다 떨어졌어. 이런 일상적인 말들을 천연덕스럽게 주고받는다. 다시금 서로의 몸을 겹쳐가면서, 짭짤한 체액에 침을 뒤섞어 가면서.

그들은 본디 투명했을 것이지만 살 위에서 살빛을

얻게 된 땀, 두 사람의 몸속에서 자연스럽게 생겨나는 분비물, 그들이 함께 먹은 음식, 서로 비벼대는 살의 냄새가 범벅이 된 달콤하고 풍요로운 하얀 액들 속에 서로의 몸을 푹 잠기게 하고서 '사랑'을 나눈다. 그는 끈적끈적한 소리를 내면서 그녀의 귓불에 입을 맞추고 아기처럼 순진무구하게 입술과 혀와 손가락을 꼼지락거리면서 그녀의 젖꽃판과 젖꼭지를 애무한다. 완벽하게 벗은 두 개의 몸이 태초에 신화세계에서 그랬던 것처럼 완벽하게 하나가 된다. 몸의 일부인 살갗마저도 벗겨내고 더 한층 깊은 속을 탐닉하고 싶은 욕망, 반대로 아무리 두꺼운 코트를 걸치고 있더라도 그것이 '너'의 몸 위에 걸쳐진 것이거나 '너'의 몸이 닿아 있는 것이라면 곧 '너'의 몸이라는 느낌. 그들은 몸이야말로 마음과 정신과 영혼의 추상적인 의미를 구체적인 것으로 나타내줄 수 있는, 살아 움직이는 유일한 언어라고 생각한다. 자신의 몸 한가운데에 그의 몸을 깊숙이 담은 채, 그녀는 자신의 몸을 활처럼 휘게 해서 들어올린다. 그와 그녀의 몸이 유동하는 산처럼 볼록하게, 높이 솟아오른다.

그녀는 활처럼 휜 허리와 등을 다시금 내린다. 두 사람의 몸을 지탱하고 있던 통통하고 볼록한 엉덩이가 완만한 곡선을 그리면서 땅바닥에 닿는다. 그러자 그가 자신의 몸을 높이 들어서 두 무릎을 사선으로 나란히 세우고 있는 그녀의 몸 가운데로 돌진한다. 그들은 서로가 서로를 '도발'하고 서로가 서로를 '배려'하고, 그렇게 서로가 서로를 '사랑'한다. 이미 '나'의 몸이 되어버린 '너'의 몸일진대, 그것은 자신에 대한 배려이고 자신에 대한 사랑인 것이다. 번득이는 섬광과 같이, 그는 그녀를 향해, 전체에 비하면 아주 조그만 점을 향해, 커다란 몸 한가운데에 보이지도 않을 만큼 작게 뚫려 그나마도 연한 속살의 주름으로 덮여 있는 곳을 향해 달려든다.

악 ———

이렇게 그들의 '사랑'은 예기치 못한 방식으로 도중에 단절된다. 그녀의 날카로운 비명에 그는 깜짝 놀라서 발가벗은 몸을 가눌 줄 몰라하고, 그녀는 몸을 바싹 웅크려 이리저리 뒹군다. 그녀의 입에선 아직도 고통스러운 신음 소리가 새어 나온다. 그녀는 무슨 일이 일어났는지 제대로 말하지도 못한다. 그가 그녀의 곁에 앉아 차분히 그녀의 몸을 쓰다듬을 여유가 생겼을 때, 그는 무슨 일인지 묻는다. 그녀는 이 바보야, 거기는 거기가 아니잖아, 라고 말한다. 그제야 그는 자신의 물건의 운동을 방해한 그것이 연하고 부드럽게 트여 있는 길이 아니라, 아주 딱딱하고 꽉 닫혀 있는, 협소한, 구멍 같잖은 구멍이었음을 깨닫는다. 그럼 그게 항문이었어? 그래, 이 바보야, 똥구멍이었어. 잉, 너무 아파. 찢어졌나 봐. 피가 나는 것 같아. 어디 봐. 그는 연인을 엎드리게 하고서 다리를 벌리게 한다. 그녀는 그 자세가 아니라 이 자세라면서, 치질 여부를 확인받기 위해 의사의 지시에 따라 진찰실 침대 위에서 취했던 대로, 벌렁 드러눕더니 두 팔로 무릎을 모아 쥔 채 그 무릎을 가슴팍까지 끌어올린다. 그녀의 알몸이 동그랗게 말려서 앙증맞은 쥐며느리처럼 보인다. 그는 그녀의 아랫도리에 얼굴을 바싹 들이대고서 손으로 두 개의 언덕을 조금씩 벌려가면서 무슨 일이 일어났는지 유심히, 걱정스럽게 쳐다본다. 그녀는 자신의 몸 한가운데를 적나라하게 벌려놓고 시종일관 키득거린다. 웃지 마. 끔찍해. 어떤데? 끔찍해. 어떠냐니까? 찢어져서 피가 나. 정말이야? 응. 거울 좀 가져와. 보지 마, 제발. 무슨 소리야? 똥구멍에 이런 상처가 생기다니, 세상에, 언제 이런 구경을 해보겠니. 아무리 변비가 심했어도 이런 일은 없었단 말야. 그는 마지못해 조그만 손거울을 들고 와서 그녀가 잘 볼 수 있도록 각도를 조절해준다. 그녀는 몸을 동그랗게 만 자세에서 위로 고개를 잔뜩 들어올려서 자신의 몸 한가운데서 일어난 일을 관찰한다. 괄약근을 싸고 있는 거무스름한 주름들이 빽빽하고 좁은 구멍을 향해 모여 있다. 그 자잘한 주름 중 하나가 발갛게 물들어 있다. 바야흐로, 선홍색의 피가 조금씩 배어 나오고 있는 것이다. 그가 거울을 내리자 그녀는 그에게 휴지로 닦아달라고 말한다. 그는 여전히 알몸인 채로 휴지를 가져와서, 근심스러운 눈으로 그녀의 똥구멍에 묻은 피를 닦아준다. 그녀는 여전히 키득거린다. 치이, 이게 뭐야? 조용히 해. 누가 더 화가 나겠어? 너겠어, 아니면 나겠어? 몰라. 바보야, 그것도 몰라. 당연히 나지. 열심히 오르고 있는 중이었는데 중간에서 끝났지, 똥구멍이 찢어졌지. 미안해. 미안해? 히히, 히히, 웃기지 좀 말고 이리 와. 피 안 나? 살짝 찢어져서 피가 금방 멎었어. 그녀는 그에게 안겨서도 여전히 킥킥거린다. 어떻게 이런 일이 있을 수 있을까, 생각할수록 재미있는 노릇이다. 그녀는, 언제나 츄파춥스를 입에 물고 있는 여자와 섹스를 하다가 츄파춥스 막대기에 찔린 적이 있다는 소설 속 남자를 생각했다. 그는 담배를 피우면서 섹스를 하던 남녀가 섹스에 너무 몰두한 나머지 서로의 몸에 담뱃불을 찍어버리는 상상을 했다. 그들은 함께, 찬물로 샤워를 하고 방으로 돌아온다. 그리고 함께, 앉아서 서로의 일을 하고 음악을 듣고 마른 빨래를 걷어서 개고 노닥거린다.

다음날 혹은, 그 다음다음날 그들은 다시 '사랑'을 시작한다. 두 사람은 모두 이번의 '사랑'은 새롭게 시작하는 것이 아니라 그 전날 턱없이 중단되어버린 사랑의 연장이라고 생각한다. 그럼에도 그들은 지난번과 같은 길고도 긴 배려와 정성의 과정을 거친 뒤 함께 하나의 절정을 향해서 올라간다. 츄파춥스의 하얀 막대기에 찔릴까 봐, 입에 물고 있거나 손가락 사이에 끼여 있는 담배에 델까 봐, 혹은 그 외 전혀 예상치 못한 불의의 사태가 발생할까 봐 조심하면서. 사람들이 흔히 그렇듯이 그들은 '사랑'을 하는 도중에 서로의 이름을 부른다. 보편적으로, 사랑은 서로의 이름에 대한 강한 집착과 그 이름에의 조심스러운 애무를 동반한다. 모모야, 모모야, 하면서 서로의 이름을 쓰다듬고 서로의 몸을 쓰다듬고 하다 보면 그들은 어느새 발갛게 달아올라 있다. 그와 그녀의 몸이 하나의 물결을 그리면서, 혹은 두 개가 한 쌍을 이루는 물결을 그리면서 출렁인다. 그는 그녀의 들썩이는 격한 몸짓이 잠깐 멎음과 동시에 그녀의 입에서 모모야, 하는 이름 대신 원색적인 신음이 나올 때면 그녀가 '그것'을 느끼고 있음을 알 수 있다. 그녀의 표정은 막 잘라낸 적장의 머리통을 손에 들고 있는 클림트의 유디트처럼 환상적이고 나른하게 풀려 있다. 언젠가부터 그녀는 속으로 꾹꾹 누르던 소리를 자연스럽게, 어쩌면 더 노골적으로 밖으로 풀어놓기 시작했다. 그 소리의 전초가 느껴지면 그의 몸놀림이 격렬해져 혈관이 터질 듯이 탱탱하게 팽창한 그의 '그것'이 그녀의 보들보들한 '그것' 속을 빠른 속도로 오르락내리락한다. 그의 뜨거운 움직임은 여과 없이 그녀에게로 전해져 그녀의 자궁 깊은 곳으로부터 거슬러 올라와 얇고 붉은 입술 위에서 파르르 떨리는 음향으로 나타난다. 그녀는 그가 '그것'을 할 때면 어린아이가 엉엉 울기 바로 직전의 훌쩍거림과도 비슷한, 귀엽고 앙증맞은 소리를 내다가 최후의 뻗침이 시작됨과 동시에 커다란 울음을 팍 터뜨리는 걸 듣는다. 두 사람이 함께 만들어내서 함께 방사시킨 정자들이 그녀의 몸속에서 흘러내리거나 맴도는 동안 그는 그녀의 몸 위에 엎드려 가쁜 숨을 몰아쉰다. 그녀는 땀이 줄줄 흘러내리는 그의 등을 어루만지면서 자기도 가쁜 숨을 몰아쉬고, 어김없이 장난스러운 웃음을 터뜨린다. 그리곤 밤중에 곤히 자다가 이불에 오줌을 싼 것이 아니라 졸린 눈을 비비며 화장실로 가 오줌을 누고 엄마 품으로 돌아온, 혹은 태어나서 처음으로 혼자서 곱게 똥을 눈 어린아이에게 하듯이 등을 톡톡 두드려준다. 그는 몸을 살짝 들어 흠뻑 젖은 그녀의 몸 곳곳에 입을 맞춘다.

샤워가 끝난 뒤 그들은 옷을 예쁘게 입고 산책을 나간다. 날이 어두워지기 시작했고 선선한 바람이 분다. 그들은 커다란 미루나무 아래 벤치에 나란히 앉아, 막 떨어지는 태양을 바라보았다.

……처음에 나(너)에겐 「소설 초고」를 계속 존재시켜나갈 것인가, 소멸시킬 것인가에 대한 선택권이 주어졌었다. 첫 부분을 존재시키기로 한 뒤에 이것을 계속 이어나갈 것인가 말 것인가에 대한 선택권까지. 마찬가지로 '가난한 연인들'이라는 소제목이 달린 장의 존재 여부도 나(너)의 손에 달려 있다……

그들은 모두 몸집이 작았고, 그들은 모두 가난했다. 하여, 그들은 작고 가난한 연인들이었다. 그들은 상당한 기간 동안 사귀었고 서로에게 익숙해졌다. 처음에 분명 그들은 '열애'를 하고 있었다. 모든 '열'이 그러하듯 그들은 대책 없이 타 들어가고, 서로에게 빨려 들어갔지만, 육체와 심장의 열이 어느 정도 식고 그들의 머리가 더욱더 차가워져서 그들의 관계가 지닌 '한심함'에 눈뜨게 됐을 때 그들은 이미 어찌할 수 없을 정도로 가까워져 있는 것, 즉 '한심함'의 이면에 찰싹 달라붙어 있는 '안타까움'을 인식하게 된 것이었다. 현명해진 연인들은 서로의 처지를 점검하기 시작했다. 아무래도, 이 세상이란 가난하고 작은 인간들이 살아가기에 적합한 것이 아니었으니, 그들은 서서히 서로에게 염증이나 권태 비슷한 것을 느끼기 시작했다. 그럼에도 '그들'은 '그'와 '그녀'로, 그렇게 따로따로 분리되기엔 너무 늦은 탓에, 서로의 작음과 가난을 견뎌내는 방법을 익혀가기로 암암리에 합의를 보았다. 기나긴 몸부림과 말부림 이후, 짧은 침묵이 찾아왔고 작고 가난한 연인들은 이전과 별로 다를 바 없지만 그래도 조금은 새로울 수 있는 삶을 시작하기로 했다.

그들은 높은 층에 있는 조그만 방에 살았다. 방이 조그만 것은 그들이 작고 가난하기 때문이요, 높은 곳에 위치한 것은 그들이 '높음'과 '넓음'을 동경하기 때문이다. 무려 3층이나 되는 방에서 유난히도 넓은 창문을 열면 도시의 외진 곳의 일상적인 풍경이 한눈에 들어왔다. 두 살 터울인 자매 혜린이와 정인이가 집 앞에서 노는 모습, 그들의 엄마가 히스테리를 부리면서 그릇을 집어던지고 아빠가 엄마의 발작에 맞서는 소리, 미장원 집 딸인 혜민이가 '엄마, 나 팔 아파, 피아노 그만 칠래'라고 투덜거리는 것, 한여름 밤 할머니와 아줌마들이 집 밖으로 나와 서늘한 그늘에 자리를 잡으려고 서로서로 티격태격 다투는 것…… 시골이건 도시이건, 여름밤 밖의 풍경은 몹시 풍부한 것이다. 한 놈의 개가 짖기 시작하면 다른 놈들도 따라 짖고, 심지어 그것을 보고 있던 사람까지도 '멍, 멍' 하고 한 번쯤 짖어보기 때문에 똥개들의 소리도 훨씬 풍성하다. 그들은 창턱에 앉아 바깥의 풍경을 쳐다보기도 하고 자기들만의 작은 방 안에 앉아 장난을 치기도 했다. 이제 편의상 '그들'을 '그'와 '그녀'로 분리시켜보자.

그는 직장을 잃었고, 그녀는 1년이 넘도록 변변찮은 직장에 다니고 있었다. 그녀는 오래전부터 직장 같지 않은 직장을 그만두려고 했으나 그가 번번이 직장을 잃어버리는 일을 해오고 있었기 때문에 어떻게 할 수가 없었다. 그녀 쪽에서 선수를 칠 틈이 없었던 것이다. 주기적으로 직장을 잃고 새 직장을 얻는 그에게 익숙해진 그녀는 이것이 다 '팔자'려니 했다. 그녀의 삶을 치고 들어오는 무수한 우연 중에 '그'라는 우연이 있는데, 운명과 인간들의 이질성과 다양성을 고려하건대, 그가 그녀에게 필연(필연적인 존재)이 된 것은 우연 치고는 좀 고약한 일이긴 하지만 그렇다고 해서 영 불가능한 일도 아니고 또 영 참아줄 수 없는 일도 아니다. 그녀는 그가 직장을 두고서 '잃음'과 '얻음'을 되풀이하는 동안 돈으로 상징되는 속물성과 통속성의 잔혹한 논리를 터득해온 것이니, 생판 손해만 본 것은 아니었다. 그에게도 나름대로 이해타산이 있었는데, 그는 우선 자신이 그녀를 지독하게 사랑한다는 속 편한 환상에 사로잡혀서 '잃음'의 순간에는 한량없이 그녀에게 의지했고, 그녀는 타고난 독립심과 우월감으로 그를 감싸 안았으며, 그러면 그는 작은 손가락들을 꼼지락거리고 작고 얇은 입술을 오물거리면서 그녀의 품속으로 파고들었다. 작고 가난한 연인들, 그들은 그러니 더할 나위 없이 잘 어울리는 한 쌍이었다……

어렵쇼, 읽다 보니, 사랑에 빠진 젊은이들의 시답잖은 얘기를 다룬 하찮은 글이 아닌가. 나(너)는 더 이상 고민하지 않고 「소설 초고」를 소멸시키기로 결심한다.

바스러지는 말들

예, 생활연구솝니다.

어이쿠, 안녕하십니까, 퀙, 퀙, 끄르륵, 젠장할(어이쿠 죄송합니다), 워낙에 사는 게 거지 같다 보니까, 그르르륵 퉤, 퉤.

술을 많이 드셨군요. 안 좋은 일이 있으신가 보지요.

아, 뭐, 저야 항상 그렇죠, 헤헤, 한두 번 찾은 것도 아닌데 뭐 그렇게 모르는 체하는 겁니까, 엉? 이렇게 전화기를 든 채, 가면을 쓰고서 연극을 하자 이 말입니까? 접니다, 저!

정말 못 참겠군. 웬만하면 투철한 직업 의식과 초인적인 인내심을 가지고서 버텨보려고 했지만, 나(너)는 한계 상황에 다다르고 만다. '그래, 또 너냐?'라고 되묻고 싶지만, 오, 저주받을 습관이여! 나(너)는 '아니, 너마저도?'도 아닌, 너무도 정중한 말을 해버린다, 아니, 무슨 일이 있으셨던가요?

후후, 기억하고 있군. 암, 당신이라도 나를 기억해야지. 그동안 내가 당신네들한테 전화 걸어서 통화하느라 쏟아 부은 돈이 얼마나 되는데, 퀙퀙. (이어, 뭔가 왈칵 흘러 넘어가는 소리) 캬아—, 그다지 좋지 않군, 헤헤, 캬아—라고 말하면 좋다가 나올 줄 알았죠? 이놈의 술맛이 왜 이래? 그나저나 수고스럽게 되돌려 보내주신 「소설 초고」는 잘 받았습니다.

이제 나(너)는 슬슬 뜨끔해진다. 차라리, 당신의 소설은 너무 난해해서 이해할 수가 없더군요, 『파우스

트』 2부를 패러디한 것 같은, 모든 생물이 다 동원된 그 희한한 합창단의 노래는, 뭐랄까요, 확실히 현대 독자들의 수준을 넘어서는 것이 아닌가 싶습니다 등의 얘기를 할 수 있다면 이렇게 난처하지 않으리라. 당신의 소설은 너무 평범하더군요, 도대체 무슨 배짱으로, 그렇게 통속적인 얘기를 그렇게 대단한 것인양 늘어놓을 수가 있는 건가요, 그렇게 빤한 소설은 난생 처음 봅니다 등의 얘기를 해야 한다면 나(너) 스스로가 너무 통속적인 독자로 전락하는 것 같은 느낌이 들지 않겠는가. 그의 입에서 「소설 초고」가 떨어진 순간, 나(너)는 난처함과 난감함과 자괴감을 동시에 느낀다. 어쩌다가 그는 하찮은 작가가 됐으며, 그것도 모자라 나(너)를 하찮은 독자로 만들었단 말인가. 「소설 초고」를 펼친 것은 나(너)의 자유의지에 의한 것이었으니 조용히 그의 질책을 기다릴밖에.

구태여, 평을 하지 않으셔도 됩니다. 읽어주신 것만으로도 고마우니까요. 게다가, 무슨 보답을 원했다면 출판사나 권위 있는 문학가에게 보냈을 테니까,

이 점에 대해서도 걱정하지 마십시오. 그저 기왕지사 제 원고를 보셨다니, 끝을 내셔야죠. 안 그렇습니까? 저도 이제 그만 끝내고 싶습니다.

찰칵. 이와 동시에 그는 나(너)의 대답도 기다리지 않고 수화기를 놓아버린다. 그리고 나(너) 앞에 「소설 초고」를 마감하는 조그만 글 하나가 던져졌다. 다른 급한 일이 있거나 너무 피곤해서 도저히 읽을(쓸) 수 없다면 좋으련만, 불행하게도, 나(너)는 너무도 권태롭다.

……

자, 이제 「소설 초고」의 에필로그로 구상된 이 짧은 글을 읽으려는(쓰려는) 나(너)만이 남았다. 시작해 볼까.

(뭉크의) 사춘기

우리가 듣기엔 이름조차도 흉측스럽고 불길한 '뭉크'라는 화가는 대부분 음산하고 침울하고 불안한 그림을 그렸고, 샤갈과 마찬가지로 반복과 복사의 끔찍함을 고스란히 지니고 있는 판화를 많이 제작했다. 딴에는 꽤나 아름답고 밝고 명랑한 것에 대해, 절망이 아닌 희망에 대해 말하고 있는 듯 보이는 그림조차도 어찌할 수 없는 스산한 색채와 붓놀림, 그리고 문채(文彩) 때문에 예의 그 뭉크적인 불안을 지워버리지 못한다. 그러니 그는 삶이 아닌 죽음을 그렸고, 마찬가지 방식으로 삶을 산 것이 아니라 죽음을 산 것처럼, '죽어도 살기 싫다'를 죽지 않고서 끝까지 구현한 것처럼 느껴진다. 그의 주위에 즐비하게 널려 있던, 사랑하는 사람들의 죽음과 배반은 그의 영혼을 황폐하게 했고 바로 이 때문에 그의 그림을 바라보는 많은 사람들은 우수와 우울과 불안에 휩싸이게 된다. 동시에 바로 이 때문에 삶에의 끈질긴 들러붙음(집착)이 부각되기도 하는 것이다. 뭉크는 죽음에의 경험과 죽음에의 공포 속에서, 어쩌면 바로 그것들 덕분에 80년에 가까운 세월을, 기나긴 삶을 견뎌낸 것이다. 철저하게 죽음(어둠)을 그리면서 동시에 철저하게 삶(밝음)을 얘기하는 것. 그것이 뭉크다.

언젠가, 내 가까이 살고 있는 한 철학자가 말했었다. 파국이란 예기치 못하게, 예기했던 것보다 훨씬 더 끔찍하게 온다고. 그 말을 들은 뒤로 나는 언젠가, 기필코, 파국이 실현되고야 말 것임을 두려워하고 있다. 아니, 파국의 순간을 기다리고 있다. 내가 허술한 상상력을 동원해서 그려본 파국의 양상과는 아주 다른 방식으로 파국이라는 것이 찾아올 것을, 가슴을 졸이며, 머리털을 빳빳하게 세운 채 기대하고 있는 것이다.

시골에 있는 엄마와 통화를 했다. 엄마는 30년 전과 마찬가지로 걸핏하면 점을 본다. 오늘 낮에도 점을 보고 왔단다. 엄마는 항상 나의 점괘가 아주 좋다고 말한다. 고등학교 때부터 들어온 얘기다. 그런데 내가 팔자가 좀 사납기 때문에 반드시 결혼을 늦게 해야 하며 그렇지 않으면 남편을 잡아먹거나 이혼을 한단다. 엄마는 복채 2만 원의 대가로 마치 '새' 음식물처럼 엄마의 혀 위에 얹혀진 '헌' 얘기를 늘어놓는다. 엄마 말인즉, 나는 지금 사귀고 있는 남자와는 절대로 결혼을 할 수는 없을 것이란다. 서른이 넘어서야 결혼을 할 것이지만 지금 사귀는 남자는 절대 아니란다. 만약 그와 결혼을 한다면(그럴 리도 없지만, 이라고 사족 다는 걸 엄마는 잊지 않는다) 내가 그를 잡아먹든지, 그가 나를 잡아먹든지 할 것이란다. 언젠가 내가 사귀는 남자의 객관적인 신상 명세를 간략히 들은 바 있는 엄마는 그를 탐탁지 않게 여기고 있었다. 점괘라면 아무런 의심 없이 믿어버리는 엄마는, 내가 그와 결혼할 수 없다는 점괘가 나오자 한결 마음이 가뿐한 것이다. 혼자 방 안에 앉아 있으니 엄마가 턱없이 믿고 있는 점괘가 맞는지도 모른다는 생각이, 아궁이의 잉걸불 속에서 막 구워낸 감자가 풍기는 맛 좋은 향기처럼 모락모락 솟아올라 내 몸을 휘감기 시작한다. 엄마의 체형을 그대로 닮은 나는 이참에, 점괘를 맹목적으로 믿는 그 순진함까지도 닮고 싶은 바람이 생긴다. 그래, 이제부터 나도 엄마처럼 점을 믿기로 한다. 아니, 벌써, 믿게 됐다.

그가 밤늦게 전화를 했다. 10시가 좀 지나고 있었다. 그 시각까지 그는, 취직한 지 얼마 안 된 사무실에 있는 것이었다. 나는 그가 4, 5일간 줄곧 얘기한 '장기자'가 누구인지 처음으로 알게 되었다. 첫날 내게 지나가는 말로 얘기한 키가 아주 작고 얼굴이 아주 못생겼다는, J대를 졸업한 여자. 얼굴은 역삼각형. 저 눈으로 어떻게 사물이 보일까, 라는 의심이 들 정도로 작은 데다가 위로 '쫙' 찢어진 눈. 여차하면 대머리의 초기 증세로 착각될 만큼, 훤하게 뚫려 있는 이마. 내가 그로부터 들은 그녀의 모습은 대강 그랬다. 졸업 후 1년 정도를 그냥 집에서 보낸 92학번이란다. 아주 치졸하고 파렴치하게도, 나를 괴롭히는 것은 장기자라는 사람이, 이름에서 풍겼던, 그리고 내가 쉽게 단정 지었던 것과는 달리, 남자가 아니라 뜻밖에도 여자라는 지독하게 단순한 사실이다. 그는 전화기를 들고 계속 장기자에 대한 불평을 늘어놓았다. 하루 중 12시간을, 그러니까 깨어 있는 시간의 대부분을, 아니 거의 전부를 장기자, 그러니까 장옥이라는 여자와 함께 보낸다. 마주 놓인 책상을 사이에 두고 얼굴을 맞대고 근무를 하고, 점심도 같이 먹고 저녁도 같이 먹는다. 그것도 모자라, 밤이 늦도록, 무려 10시가 되도록 그녀와 함께 조그만 지하 사무실에서 기사를 작성한다. 낮에는 그녀와 함께 취재를 하러 다니고, 그녀가 짐이 무겁다고 투정 아닌 투정을 부리면 짐을 들어주고, 그녀에게 타박 비슷한 것을 주면서 티격태격한다. 장소를 옮기는 동안, 그녀는 그의 차를 탄다. 보통 내가 앉는 조수석을 그녀가 차지하는 것이다. 그녀는 내가 종종 내 얼굴을 비춰보는 사이드 미러에 그 못생긴 얼굴을 비춰볼 것이고, 내가 애정과 우수를 가지고 바라보는 그의 얼굴을 쳐다볼 것이다. 우연히도, 그녀의 집은 그와 같은 방향이다. 그래서 그는 밤 10시가 지난 시간에 전철역까지 그녀를 태우고 올 것이다. 그는 별로 대단한 일이 아닌, 오히려 짜증 나고 성가신 일이라는 생각에 말을 하지 않았지만 지난 일주일간 계속 그랬던 것이다. 그녀는 아주 오랜 시간 동안 그의 숨소리를 듣고 그의 살내를 맡으며 그의 형체를 지켜봤을 것이다. 할로겐 스탠드 하나만을 켜둔 채 홀로 책상 앞에 앉아서 나는 줄곧 장옥이라는 여자에 관해 생각했다. 왜 그렇게 많은 소설가들이 '질투'라는 제목의 소설을 썼을까. 혹은 왜 그런 주제를 즐겨 다루었을까. 이런 통속적인 물음이 내 마음의 어둠침침한 방 안을 배회하는 동안, 나는 지금 내가 질투 중에서도 가장 저열한 양상의 질투에 말려들고 있음을 인정해야 했다. 엄마의 점괘를 믿기로 했듯, 나의 비열한 감정에 대해서도 별다른 저항 없이 인정하기로 한다. 아니, 벌써 인정했다.

휘황찬란한 섬광처럼, 번득이는 화두처럼, 총명한 위트처럼, 한 철학자의 말이 생각났다. 파국이란 예기치 못하게, 예기했던 것보다 훨씬 더 끔찍하게 온다고. 그 철학자는 어느 여류 작가의 소설을 얘기했었다. 그녀의 소설에는, 항상 최악의 상태를 상정하고서 삶을 살아가는 사람이 나온단다. 나는 그녀의 다른 소설을, 밑줄을 열심히 그어가면서 탐독했던 적이 있다. 소설 속의 여자 주인공이 말하길, 삶에 대해 냉소적이고 허무적인 사람일수록 더 열심히, 더 성실하게 살아가고, 사랑에 대해 아픈 기억이 많을수록 더욱더 진지하게, 더욱더 열렬하게 새로운 사랑을 향해 뛰어든다고. 이것이 내가 이해하고 감동한 그녀의 소설의 매력이었다. 삶이나 사랑이나 예술에 있어, 불멸이라든가 영원이라든가 하는 낭만적인 꿈의 와해를 경험하고 그 뒤의 환멸과 고통을 이겨낸 사람은 미성년적인 치열함이 아닌 불혹의 성숙으로 앞으로의 시간을 견딜 수 있다. 나는 막연히 그렇게 생각했었고 내 생각에 흐뭇해한 나머지, 그 소설이 인간 실존의 한 방식을 보여주고 있는 아주 뛰어난 작품이다, 라고 단정 지었다. 그 철학자는 이런 말도 했었다. 반드시 예기치 못하게 오는 파국은, 분명 어딘가 '다른' 곳에서 온다고. 그래서, 돌연, 엄청난 충격과

불꽃으로 사람의 '허'를 찌른다고. 그러나 사랑이라는 것이 열정과 배반과 모욕과 슬픔과 우울 등 온갖 다양한 상황으로 뒤범벅된 생의 자갈치 시장 중 하나임을 반복적으로, 경험적으로 확인해갈수록, 사람은 더욱더 사랑에 매달리게 된다. 그리고 몇 겹의 우연이 빚어낸 이 사태를 자신의 운명으로 받아들이고, 운명이 아무리 비참하고 초라할지라도 그것에 대한 애정을, 즉 운명애(체념이 아니라)를 키워가게 되는 것이다.

신문을 보니, 은초롱이라는 아주 예쁜 이름을 가진 아이가 죽은 채로 발견됐다는 기사가 제법 크게 실렸다. 범인의 말도, 기자들의 엉성한 추리력과 문장력도 그다지 믿을 게 못 되지만 대략 요약해보면, 8개월 된 아이를 가진 29세의, 평범하고 얌전한 주부이자 교사인 한 여인이 아이를 유괴해서 수면제를 먹인 뒤 교살했다. 그리곤 아이의 옷을 벗겨 배낭에 넣은 뒤 남편의 사무실 지하에 방치해뒀다. 나는 일주일에 두 번씩 강의를 하기 위해 그녀의 남편의 사무실이 있는 곳을 지난다. 그러니까 내가 강의를 하러 간 어느 날, 바로 내 곁 건물의 사무실 지하에서 초롱이의 시체가 썩어가고 있었던 우연이 발생한 것이고, 그 여인의 뱃속에 든 아기는 자기도 모르게 엄마와 공범이 된 태생적인 우연을 감당하게 되어버린 것이다. 그런데, 어제인가, 그저께인가 또 다른 얘기가 있었다. 내 여동생의 여선배가 집으로 가는 길에 택시를 탔는데 운전사에게 성폭행을 당하고 집에 돌아와 한 시간 뒤에, 강제 징용을 당해 일본 탄광에서 죽어갔던 한 조선인의 피맺힌 글귀처럼 아주 짧고 간결한 말들을 써두고 옥상에서 뛰어내려 자살을 했다는 것이다. 동생은 장례식 장면과 자신의 안타까운 심사를 이야기했다. 그뿐인가. 오늘 저녁 뉴스에서는 아주 짧게, 모스크바의 조그만 원룸에서 유학생 한 명이 온몸이 묶여 살해된 채로 발견되었다는 소식을 전했다. 몸에 상처가 심한 것으로 봐서 사고를 당하기 전 심하게 반항한 듯하며, 자물쇠에 손상이 전혀 없는 것으로 보아 범인은 피해자의 상황을, 특히, 이 무렵, 피해자가 적지 않은 양의 달러를 막 송금받았음을 알고 있는 면식범이었으리라는 추측이 가능하단다. 사람이야 하루에도 수백, 수천 명씩 다양하게 죽어가는 것이지만, 하필이면, 이국땅에서 사망한 자가 내가 어쩌다가 교정에서 한두 번 보았을 수도 있는, 나의 모교를 졸업하고 유학을 떠난 학생이었다니 기분이 좀 이상했다.

어쨌거나 나는 밤새도록, 눈물을 흘렸다. 내 여동생의 여선배 때문도, 아니고 이름이 예쁜 아이 때문도, 얼굴도 모르는 어떤 유학생 때문도 아니다. 당연히 아니다! 왜냐면, 사람은 절대로 '남' 때문에 울지는 않으니까. 인간은, 그러니까, 우리 자신이 열렬히 바라는 대로, 측은지심과 같은 기본적으로 선한 성정을 가지고 있다고 해도, 설사 우리가 그런 따사로움의 존재를 털없이 믿는다고 해도, 오직, 자기 자신 때문에만 울 수 있을 뿐이다. 그래, 나는 나 자신 때문에 울었다, 밤새도록. 지금까지 내가 겪어온 세계가, 앞으로도 얼마간은 더 겪어야 하는 세계가 무서워서 울었다. 예전 같으면 내가 어릴 때 경험한 성추행의 기억이 악몽처럼 되살아날 만도 하건만, 눈물이 고장난 수도꼭지에서 쏟아지는 수돗물처럼 하도 거세게 흘러서 모든 필름이 손상되어버렸다.

……나는 이제 중요한 얘기를 해야 한다. 어떻게 시작을 해야 할까, 팬티에 떨어진 붉은 꽃을 처음 발견한 소녀처럼 한없는 수줍음을 느낀다. 거의 넉 달 동안이나 멎었던 달거리가 막 시작됐다. 넉 달간 나는 꽤나 아팠고 체중이 5킬로그램 정도 줄었다. 그렇게 심각한 건 아니지만 그렇다고 그냥 지나치기엔 좀 아까운 현상인 것이, 세상 사는 게 워낙 지겹고 넌덜머리 날 때 걱정거리가 하나쯤 있어주는 것도 나쁘지 않은 일이기 때문이다. 한 달도 훨씬 더 전에 나는 두 번째로 아이를 지웠다. 엄마가 아주 흔쾌히 받아들인 점괘에 비추어보건대, 그 아이는 확실히 지워버려야 될 생명이었다. 엄마는 점괘에 의존하여, 나의 연인과 헤어질 것이라고 자신 있게 말했었고 나는 엄마의 점괘를 믿기로 하지 않았던가. 괜히, 죽어도 안 믿겠노라고, 우리의 사랑으로 세상의 험난한 파도를 굳세게 헤쳐나가겠노라 다짐해봤자 피곤하기만 하니 그냥 믿기로 한 것이다. 2개월 남짓 된 아이가 떨어져 나가면서 내 피를 얼마나 많이 가져갔는지 나는 줄곧

극성스러운 빈혈과, 생리 없는 생리통과, 진원을 알 수 없는 총체적 근육통으로 고생했다. 그리고 수술 후 두 달간 월경을 하지 않았다. 은근히 염려가 되지 않은 것도 아니었다. 비록 상황이 여의치 않아 아이를 지울 수밖에 없었지만 내 꿈을, 나를 닮은 딸을 하나 낳아서 나와는 전혀 다른 여자로 키워보고 싶은, 참으로 야무진 꿈을 영원히 매장시키고 싶진 않았다. 유산을 하고 나면 호르몬 작용이 엉망이 되기 때문에 월경이 늦어질 수도 있다는 걸 알고는 있었지만, 달이 두 번이나 이울었다가 차도 소식도 없자, 내 꿈이 못다 핀 꽃 한 송이가 되지나 않을까, 마음이 영 조마조마했다. 게다가 처음도 아니지 않은가. 첫 수술 후 1년도 채 지나기 전에 두번째로 수술대 위에 올라간 것이었다. 두 번씩이나 몸에 상처를 낸 뒤, 내 몸이 텅 비어 있던 동안, 맹세코 나는 관계를 가진 적이 없다. 그럼에도 또 다시 아이를 가진 것이 아닌가 하는 어처구니없는 생각까지 들었다. 엄마 말대로 그와 결혼을 할 수 없을 터이니 다시 아이가 생긴다면 다시 지워야 할 판이고, 그렇다면 이 또한 여간 성가신 일이 아니다. 이렇게 머릿속과 머리 밖이 복잡하고 너저분한 상황에서, 그만 달거리가 시작된 것이다. 나는 열세 살, 처음 붉은 피를 봤을 때처럼 울음을 터뜨렸다.

……열세 살 어느 가을날, 몸의 한가운데서, 두 다리 사이에서 뭔가 물컹물컹하고 뜨뜻미지근한 젤리 같은 것이 단속적으로, 그러나 점점 더 높은 빈도와 속도로 튀어나오기 시작했다. 너무 겁이 나고 너무 당황해서 화장실로 달려가 몇 겹의 휴지를 팬티 위에 얹고, 휴지 더미를 가랑이 사이에 끼우다시피 해서 팬티를 끌어올렸다. 그러나 소용이 없었다. 그것은 너무도 많이, 어떻게 수습을 할 수 없을 만큼 격렬하게 쏟아지기 시작했다. 혼자 집에 있었던 나는, 휴지를 갈아 끼우는 것을 포기하고 온몸을 잔뜩 웅크린 채 계속, 청바지가 피에 흠뻑 젖도록 울기만 했다. 저녁에 엄마가 와서 웃음을 보인 뒤에야, 엄마에게서 "아이구, 우리 딸내미가 이제 다 컸네"라는 말을 들은 뒤에야 울음을 그칠 수 있었다. 오늘, 나는 열세 살의 오후처럼 울음을 터뜨렸다. 그리고 열세 살, 저

녁까지 눈물을 흘렸듯, 스물세 살, 새벽까지 눈물을 흘렸다. 너무 반가워서 운 것도 아니고 내 처지가 한심스럽고 불쌍해서 운 것도 아니고, 그냥 울었다. 그러나 언제나 그렇듯, 이유 없는 것들이, 우연적인 것들이 더 질기고 더 치명적으로 사람을 옥죄는 법이다. 나는 따뜻한 물로 샤워를 했다. 커버가 벗겨진 채 찌그러진 매트만 덩그러니 얹혀 있는 나지막한 침대에, 나사가 하나 풀려 달아나는 바람에 하루에도 몇 번씩 와해의 조짐을 보이며 삐거덕 소리를 내는 그 침대에, 나는 긴 생머리를 풀고 앉아 두 허벅지를 조심스럽게 모으고 막 최초의 선혈이 터져 나온 그곳을 조용히 가린다. 두 팔이 배꼽 바로 아래서, 어둠침침한 삼각 지대에서 사선으로 교차한다. 한 손은 허벅지에, 한 손은 두 무릎 사이에 조심스럽게 끼워져 있다. 두 눈을 동그랗게 뜨고, 통통한 젖꼭지와 젖꽃판을 발그스름하게 붉히면서 나는 정면을 바라본다. 체경 속에 내 모습이 비쳤다. 작고 바싹 마른 열세 살의 소녀를 꼭 닮은, 스물세 살의 알몸을 바라보다가 갑자기 어둠침침한 그림자를 발견한다. 그것은 좁고 왜

소한 어깨를 잔뜩 움츠린, 움츠리고 있다는 것을 보이지 않기 위해 안간힘을 다해 어깨를 펴려고 하지만 그럼에도 여전히 움츠려든 어깨를 어찌할 수 없는 열세 살의 소녀 몸 뒤로 길고 음침하게 드리워져 있다. 곡률이 영보다 작은 삼각꼴로 깊게 팬 두 쇄골과 수술 이후 턱없이 작아진 젖가슴, 작고 동그란 얼굴 위에 새까맣게 뚫려 있는 두 개의 큰 구멍, 절대로 벌리지 않겠다는 어린애다운 고집으로 한사코 모아 쥔 두 맨발이 차례로 내 시선을 잡아둔다, 아주 오랫동안. 내 몸이 내 몸 뒤에 솟아 있는 그림자 위로 힘없이 쓰러져 잠들려는 찰나, 철학자와 그와 엄마와 뉴스의 말들이 떠올랐다. 하지만 그것들은 어느새 감미로운 희망의 언어로 바뀌어가고 있었다. 파국, 유괴, 살인, 성폭행, 자살, 유서, 결혼, 아이, 집, 미루나무, 바다, 신록, 커피, 개나리, 송이버섯, 참새, 채송화, 시냇물, 풀밭, 붓꽃, 누렁소…… 그리고 오늘 수술 후 처음으로 달거리를 시작했다는 사실이, 그 느낌이, 그가 내게 처음으로 선물한 붉은 장미의 향기처럼, 우리가 처음으로 함께 차린 저녁 식탁의 풍요로운 기운처럼 나를 휩싸고 돌았다. 이 아슬아슬하고 안타까운 감정은 곧, 내 생이 얼마 남지 않았다는 평온한 인식으로 바뀌었다……

닮아지는 말들

2002년 9월 월요일 저녁 7시 50분, 나(너)는 나(너)만이 있는 작은 방 책상 앞에서, 그의 전화를 받는다. 그는 그렇게 공식적으로, 상식적으로, 나(너)에게로 온다.

의식이 혼미해져서 절망에 빠질 때가 많은데 도무지 체념을 할 수가 없군요.

그는 말하기 시작한다. 나(너)는 절대적인 사명감을 가지고 그의 말을 듣는다. 왜냐면 그는 길바닥에 개똥처럼 널려 있는 하찮은 사정 때문에 말을 통해

자기 검열을 하고 싶어하고, 무엇보다도 나(너)는 전화기 앞에서 그를 기다리는 카운슬러니까. 여기엔 어떤 구차한 이유도, 명분도 없다.

무엇을 체념할 수 없다는 것인가요, 나(너)는 공손하게 묻는다.

글쎄요, 어떻게 표현해야 할까요……

여느 때와는 달리 그는 오래도록 뜸을 들인다. 뜸을 들이는 것 자체는 놀라울 것이 없으나, 뜸을 들이되, 듣는 내(네)가 왠지 숙연함을 느낄 정도로 진지하고 무거운 분위기를 만들어내니 놀랍지 않은가. 혹시 이 '그'는 그동안 내(네)가 알아온 '그'와는 전혀 다른 존재가 아닐까, 라는 의혹이 한순간 일어난다. 하지만 설사 그렇다고 하더라도 나(너)의 직업의 특성상 개별적 정체성은 어차피 별다른 문제가 되지 않는다. 그저, 그의 분위기에 맞추어 나(너) 자신의 입장 및 태도를 조정하면 된다. 그가 진지하므로 나(너)도

진지해야 한다, 적어도 그런 체해야 한다. 그러니 그가 말을 시작할 때까지 침묵하자.

무엇을 체념할 수 없는가 하면…… 혹시, 기억하십니까, 자살을 하겠노라면서, 아니 ‘자살 미수’를 성공시키겠노라면서 당신을 찾았던 어떤 미치광이를 말입니다.

아, 예, 기억나는군요, 그분이셨군요!라며 나(너)는 반가움을 표시해보지만, 사실 이런 미치광이는 바다의 모래알처럼 많은 까닭에 확률상 나(너)의 ‘그’와 현재의 이 ‘그’가 일치할 수 있다는 무성의한 추측뿐이다.

제가 체념할 수 없는 것은 다름아니라, 자살에의 욕망입니다.

그럼, 왜 ‘저는 자살을 할 겁니다’ 혹은 ‘저는 자살을 하고 싶습니다’로 시작하지 않으신 겁니까, 라고 나(너)는 상당히 조심스럽게 물어본다.

그건 아주 간단합니다. 저는 이미 자살을 할 수 없는 몸이거든요.

그건 왜죠?라며 나(너)는 관심을 보여준다. 사실, 여러모로 보아, 그는 단순한 미치광이 피에로가 아니라 대단히 심각한 정도로 악령에 홀려 이미 자신과 세계에 대한 감각을 잃어버린, 막말로 갈 데까지 간 존재라는 생각이 들어 비상한 관심이 없잖아 생기기도 한다.

저는 이미 죽은 거나 다름없는, 어쩌면 완전히 죽어버린 몸입니다.

뭐라구요? 나(너)는 순간, 속으로 커다란 웃음을 터뜨린다. 역시, 이놈 역시도 미치광이 피에로에 불과했던 것이니, 그렇다면 나(너)는 교과서가 일러준 그대로만 하면 된다. 여기에 이르자 모든 것이 수월

해진다.

그렇게 놀라는 체하시지만, 실은 비웃고 계시겠지요. 하지만 사실입니다. 더 이상 자살을 할 수 없는 몸임에도 불구하고, 자살에의 욕망을 버릴 수가 없는 겁니다. 다시 말해, 삶에의 욕망을 버릴 수 없는 것이지요. 무릇 자살이라는 것, 아니, 자살에의 욕망이라는 것은 삶에 대한 본능적 욕구의 산물이 아닙니까? 정말로 자살을 하려는, 혹은 해버린 사람들은 자살을 두고 이러쿵저러쿵 잡설을 늘어놓지 않지요, 이미 삶에 대한 생물적 욕망을 상실한 마당이니 말입니다. 하지만 저는 삶이 사실상 끝나버린 지금도 여전히 이것에 매여 있습니다. 실로 경멸할 만한 일이고, 저는 저 자신을 진정으로 경멸하고 있습니다. 제 숨소리가 예사롭지 않다는 걸 느끼시겠습니까? 물론 잘 느끼지는 못하실 테지요. 지금 저는 당신으로부터 꽤 멀리 있으니까요. 어쩌면 '숨소리'라는 표현 자체가 잘못된 것이 아닌가 싶습니다. 사실상, 오래전에 숨이라는 것이 끊어져버렸으니까요. 그럼에도 달리 어떻게 표현할 수가 없습니다. 아니, 그 이전에, 지금 제가 있는 이 시공간을 어떻게 묘사할 수가 없고, 저 자신이 '죽은 나'와 '그 죽은 나를 바라보는 나'로 완벽하게 분리된 이 상황을 저 자신도 잘 이해할 수가 없군요. 분명한 것은 '죽은 나'는 분명, 경멸의 대상은 아니라는 겁니다. '죽은 나'는, 말하자면, 오래전 제가 꿈꾸어온 그 경지에 다다랐거든요. 그러니까, 어쭙잖은 자살이 아니라, 자기 자신으로부터 완전히 자유로워지는 경지에 다다랐다는 거죠. 물론 이걸 위해서 '죽은 나'는 가장 소중한 걸 희생해야 했습니다만, 결국 자기 자신으로부터의 절대 자유를 획득했으니, 이만하면 '죽은 나'가 단칼에 자신의 동맥(정맥)을 자르지 않은 것쯤은 양해해줄 수 있다고 생각합니다. 그러니까 여기서 '생각'의 주체는 '그 죽은 나를 바라보는 나,' 즉 당신에게 이 얘기를 전하는 내가 되겠지요. 이 '나'는 말입니다, 앞서 말씀드렸듯, 경멸의 대상입니다. 여전히 자살을 하고 싶어하고, 그러나 자살을 할 수는 없고, 그럼에도 자살을 하고 싶어 안달하는, 즉 그만큼이나 구차하게 삶이라는 걸 무슨 물건처럼 움켜쥐려고 하는 천박한 존재니까요.

나(너)는 이놈이 미쳐도 단단히 미쳤군, 오늘 재수 한 번 더럽게 없네, 라는 생각을 속으로 하지만, 워낙 훈련이 잘된 탓에 이런 유의 말은 단 한마디도 하지 않고 구체적인 질문거리를 하나 잡아낸다. 그런데 '죽은 나'는 어떻게, 왜 죽은 건가요?

설마, 자살인가, 자연사인가, 사고사인가를 묻는 건 아닐 테지요? 하지만 어떻게 해도 이 부분을 피해서는 얘기를 진행시킬 순 없을 겁니다. 그러니까 이렇게 되었습니다. '죽은 나'는 오랫동안 자살을 하고 싶어했고, 몇 번씩 시도를 했으나, 그저 희극적인 장면만을 연출했을 뿐이죠. 그런데 죽고 싶을 만큼 사는 게 힘들었던, 그래서 자살 시도를 하던 그 시기가 지나자 뜻밖의 상태가 찾아왔습니다. 아니, 반대로, 자기도 모르게, 일상의 행복하고 아기자기하고 그러면서도 번잡한 그물에 말려들어 자살에 대한 생각 자체를 '잃어버리게' 되었던 것이죠. '죽은 나'는 세월

이 좀 지나 우여곡절 끝에 결국은 자신의 연인과 결혼을 했고 두 번의 아픈 기억이 있었음에도 다행히 건강한 아이를 낳아서, 이제는 합법적인 배우자가 된 영원한 연인과 더불어 지극히 통속적인, 따라서 위대한 삶을 살기 시작했습니다. 그러던 어느 날, 어느덧 여섯 살을 넘긴 아이가 피아노 학원에서 돌아오는 길에 교통사고를 당해 죽어버렸습니다. 후후, 파국은 언제나 예기치 않은 곳에서 찾아온다던가요? 현실로부터 완전히 유리된 채 침침한 상상과 예감의 지하실 구석에서 제멋대로 거짓 삶을 만들어가던 시절이 끝나고, 싱싱한 삶을 향유해가던 와중에, 갑자기 또 다른 진짜 삶이 튀어나와버린 거죠, 아주 잔혹 형태로. 아이를 화장하여 납골당에 묻고 돌아오던 길에 '죽은 나'는 갑자기, 자신이 오래전에 탐닉했던 그 테마를 거미줄 낀 지하 창고에서 끄집어냈습니다. 그와 동시에 '자살'이 다시금 '죽은 나'의 뇌 속으로 침투해 들어왔습니다. 하지만 이 테마를 제대로 발전시킬 수가 없었고 실행시킬 수는 더더욱 없었습니다. 왜냐고요? 대답은 너무도 간단합니다. 자식이 죽었으니까요. 어른들이 흔히 말하듯, 죽은 자식은 납골당의 자그마한 사각형 속이 아니라, '죽은 나'의 가슴 한 구석에 묻혀버렸으니까요. 한동안, '죽은 나'는 마치 자기 자신을 죽이는 대신 자신의 아이를 죽였다는 죄의식에 시달렸습니다. 하지만 이것도 오래가지 않았던 것이, '죽은 나' 자신이 자기도 모르는 사이에 서서히 죽어가고 있었기 때문이죠. 신기한 일이었습니다. 어떤 음식을 봐도 욕망이 일지 않았고, 그토록 사랑했고 지금도 사랑하는 것이 분명한 연인을 봐도 사랑을 나누고 싶은 욕망이 일지 않았습니다. 다시 사랑을 해야만 또 다시 아이를 가질 수 있다며 '죽은 나'의 연인은 '죽은 나'를 달랬지만, '죽은 나' 역시도 희뿌옇게나마 그런 생각을 했지만, 도무지 몸이 말을 듣지 않았습니다. 그리고 어쩌다 정신이 들어보면 자신이 아스팔트 한복판에 서 있거나, 아이의 방안에 쓰러져 애간장이 녹아내릴 듯 오열하고 있거나, 돌아올 아이를 위해 점심을 만들고 있거나 아이를 맞으러 길거리로 나가고 있음을 발견하곤 했지요. 그렇게 소리 소문 없이 '죽은 나'는 숨이 스러져갔습니다다. 지금은 아이 바로 곁에 안치되어 있지요.

나(너)는 더 이상 '에라이, 미친놈아!'라고 외치지 못한다. 뭔가가 대단히 심각하게 엉겨 있음이 분명하고, 따라서 전체 스토리를 재구성해야 한다는 생각을 해본다. 태초에, 아니, 내(네)가 전화 심리 상담 일을 해온 어느 시점에, 자살을 하고자 하는 어떤 한심한 놈이 있었고, 그놈이 게나 고둥이나 다 하는 연애를 시작했고, 온갖 우여곡절 끝에 결혼을 했고, 결혼 이후 행복한 생활을 영위했고, 아이가 죽었다. 여기까지는 리얼리즘의 문법으로 충분히 재구성이 가능하다. 그렇다면, 아이가 죽은 이후, 서서히 죽어간 '죽은 나'는 누구란 말인가. 소위 '죽은 나'가 목하 나(너)와 통화를 하고 있는 이 '그'라면, '그'는 '죽은 나'라는 표현이 말해주듯, 이미 죽었다는 것인데, 어떻게 나(너)와 더불어 이렇게 전화 통화를 할 수 있단 말인가. 생각이 여기에 미치자, 나(너)는 갑자기 등골이 시려오는 걸 느낀다. 하지만 오랜 경험으로 판단하건대, 이 기괴한 현상은 세계의 문법틀 자체만 바꾸면 쉽게 해결될 수 있는 것임을 금세 알아챈다. 즉 리얼리즘의 문법이 아니라 환상주의나 그로테스크 등, 나(너)의 전공이 아닌 까닭에 정확히 규정 지을 수는 없으나, 하여간 뭔가 다른 문법을 도입해야 한다는 것이다. 이제부터 나(너)는 '죽은 나'에 대해 얘기하는 '그 죽은 나를 바라보는 나'의 얘기를 한 점의 혼란도, 동물적 공포도 없이 들을 수 있다. 그뿐인가, 천연덕스럽게 다음과 같이 묻는다, 그래, 죽은 아이와 나란히 납골당에 안치된 '죽은 나'를 바라보는 당신, 즉 '그 죽은 나를 바라보는 나'의 심정은 어떻습니까?

하, 이제야 이해를 하신 모양이군요. 그 질문의 답이 바로, 제가 수화기를 들자마자 얘기한 그것입니다. 의식이 혼미해져서 절망에 빠질 때가 많은데 도무지 체념을 할 수가 없다는 것 말입니다. 저는 여전히 자살을 꿈꾸고 있습니다. 하지만 이걸 제 몸이 납골당 안에 있으니, 아니 죽여버릴 수 있는 몸조차 이미 존재하지 않고 그저 뼛가루만 남아 있으니 어떻게 자살을 실행시킬 수 있겠습니까?

허허, 거참 난해한 질문이고 지난한 일이군요, 나(너)는 맞장구를 쳐준다. 이미 그의 문법을 이해한 나(너)는 이참에, 새로울 것이 전혀 없음에도 괜히 무게를 잡는 이 문법을 파괴하고 싶은 장난스러운 마음에서 산문적인 질문을 던져본다. 아참, 그런데, '죽은 나'가 죽은 이후, 그 연인, 즉 배우자는 어떻게 되었습니까, 아니, 그전에 그러니까 '죽은 나'는 '연인들'이라는 덩어리 내에서의 역할이 아내였습니까, 남편이었습니까? 맥락으로 봐서는 아내가 되어야 할 것 같은데 말입니다.

이런, 지금까지 내가 쇠귀에 경을 읽었군. 제기랄, 도대체 지금껏 뭘 들은 거야? 머리가 나쁜가? 처음부터 이해를 못했다고 말을 했어야지, 엉?

그는 얼마나 화가 났는지 갑자기 어투마저 바꾸어버린다. 나(너)는 숨을 죽인 채 그의 반응을 기다린다. 나(너)의 고의적인 문법 와해가 그의 신경을 건드린 것이 분명한데, 그의 짜증 혹은 감정의 조잡한 분출이 나(너)로서는 은근히 반갑기까지 하다.

쯔쯔, 아무 말도 못하는군. 그렇겠지. 흠흠, 하지만 나 역시도 이렇게 흥분해서 될 일이 아니지. 다시 시작합시다, 흠흠. (그는 여기서 마른기침을 여러 번 해댄다) 그러니까, '죽은 나'가 아내였는가, 남편이었는가를 물으셨지요? 아마 그런 질문은 당신에게 처음으로 전화 심리 상담을 의뢰해온 그 자살 지망자와 그가 넘겨준 「소설 초고」에 등장하는 인물들을 역할 체계에 따라 배열하려는 욕망에서 나온 것이겠지만, 여기서 중요한 건 그런 정체성 가르기가 아닙니다. '죽은 나'가 아내였으면 어떻고 남편이었으면 또 어떻습니까? 즉 '년'이면 어떻고 '놈'이면 어떻습니까? '죽은 나'는 이 모든 것이 다 될 수 있고, 마찬가지로, '그 죽은 나를 바라보는 나' 역시도 이 모든 것이 다 될 수 있죠. 지금 저와 당신에게 중요한 건 자기 자신으로부터 자유로워질 수 없었기에 자살을 하고자 했고 자살을 통해서 자신으로부터의 절대 자유를 획득하고자 했던 한 인간이 뜻밖에, 가장 평범한 인간사에서 '진리'(좀 신파적이긴 합니다만)를 발견했고, 이로써 자기도 모르는 사이에, 자기 자신이 일상사에 가장 지독하게 속박된 가운데 역설적으로 자신으로부터의 절대 자유를 획득했으나 미처 이것을 깨닫지 못했다는 것, 그 와중에 자신이 가진 가장 소중한 것을 잃고서, 심지어 젊은 시절 그토록 탐닉했던 자살의 권리조차도 잃고서, 아니 잊고서 서서히, 역시 자기도 모르게 죽어갔다는 사실입니다. 아시겠습니까?

아, 그렇군요, 라고 나(너)는 대답한다. 하지만 저희의 입장도 좀 고려해주십시오. 저희는 어떻게든 당신의 고민을 해결하기 위해 노력해야 하는 처지가 아닙니까? 다시 원점으로 돌아가서 묻겠습니다. 말하자면 당신은 지금 자살에의 욕망을 '체념'하지 못하는 것 때문에 번민하고 계신데, 본인이 생각하는 이 문제의 해결책으로는 어떤 것이 있는지요?

바로 이런 것을 보고, '막다른 골목'이라고, '오감도'라고 하지 않겠습니까? 제가 오랫동안 생각해온 바, 이 문제를 우리 인간의 각종 욕망들과 동일시할 수는, 물론, 없지만 일단 단순화시켜 이렇게 이해할 경우, 특정한 문제를 해결하는 방법 중 하나는 그 문제를 극단까지 몰고 가는 것입니다. 마치, 특정 욕망을 해소하기 위해 그 욕망을 극단으로까지 몰고 가듯이 말이죠. 어떻게 보면 동어반복이죠? 맞습니다. 성욕을 견딜 수 없다면, 하루 만에 두 자리에 이를 정도로 반복적으로 섹스를 하는 겁니다. 식욕을 견딜 수 없다면, 먹은 것을 다 게워낼 때까지 위가 터질 때까지, 먹어대는 겁니다. 그 다음 경우는 좀더 극단적인데, 죽고 싶다면, 죽음에 이를 때까지 끊임없이 죽음을 시도하는 겁니다. 그러다 보면 언젠가는 죽거나, 아니면, 자살놀이 자체를 매개로 삶을 연장시키는 우스꽝스러운 꼴이 되겠지요. 하여간 뭔가 출구가 없는 건 아닙니다. 하지만 이 경우는 어떻게 해야 하죠? 이미 더 이상 잃을 것이 없는데, 아이를 잃었고, '죽은 나'를 잃었고, 이 '죽은 나'가 나의 연인이었다고 할 경우에는 연인마저 잃은 셈인데, 그런데도 저는 '체념'이라는 걸 도저히 할 수가 없는 겁니다. 위의 공식대로라면 체념하고 또 체념을 하여 체념의 극단에 이르러야 하는데, 더 이상 뭘 체념하라는 겁니까?

당신의 말씀대로라면, '자살에의 욕망'을 체념하셔야죠, 라고 내(네)가 진지하게 대꾸한다.

응당 그렇겠지요? 그렇다면, 자살에의 욕망을 먼저 해소해야 할 터인데, 지금 제 몸이 뼛가루로 화한 상황에서 어떻게 이 욕망을 극단까지 몰고 갈 수 있겠습니까?

허허 참, 그러니 문제는 해탈을 향한 그 집요한 욕망이었군요, 쩝쩝, 이라고 나(너)는 동정이 담긴 말을 한다. 나(너)로서는 아무래도, 언제나 그렇듯, 업무 시간이 끝나기를 기다릴 수밖에 없는데, 이상하게 시간이 느리게 간다는 불길한 예감이 들어 자못 불안하다.

후후, 말하자면 그렇지요. 해탈이라는 것, 체념이라는 것 자체는 모든 욕망의 완전한 부재 상태를 의미할 터인데, 이것을 향한 인간의 욕망은 그 어느 것보다도 더 징그럽고 흉악한 것이니까요. 진퇴양난이고 사면초가올시다. 어떻습니까, 아무래도 저란 인간은 자살, 즉 삶에의 욕망을 체념하기란 애초부터 텄으니, 차라리 이 상황에서 자살을 할 수 있는 구체적 방법을 모색해봄이 어떨까요?

좋은 생각이군요, 나(너)는 늘어지게 하품을 하면서 대답한다. 어차피 그는 나(너)를 볼 수 없을 것이므로, 하품으로 인해 고인 눈물과 눈곱도 닦아내며, 슬쩍 물어주기도 한다. 그래 마땅한 방법이 있습니까?

그러니까 말이죠, 제가 정상적인 인간의 몸을 하고 있을 때는 칼로 동맥(정맥)을 끊을 수도 있었고, 청산가리나 수면제를 입안에 털어 넣을 수도 있었고, 고층 건물로 올라가 비교적 다양한 포즈를 취하며 뛰어내릴 수도 있었겠지요. 하지만 지금은 상황이 이러니만큼 뭔가 기발한 방법을 생각해야겠지요? 우선 '죽은 나'를 좀 유심히 들여다봅시다. 혹시, 더 죽일 수 있는 방법이 없는지. 아마 저 뼛가루들을 완전히 소멸시킬 수 있는 길을 모색하는 게 어떨까 싶습니다만, 사람의 뼛가루가 어떤 식으로 완전히 그 정체를 감출 수 있는지 아십니까?

음, 글쎄요, 아무래도 전공이 심리학이다 보니 그런 건 잘 모르겠는데요, 라고 나(너)는 대답한다. 혹시나 무성의하게 들리지나 않을까 걱정을 하면서. 그나저나, 시간이 느리게 가다 못해 숫제 멈추어버린 것 같으니, 이게 무슨 일인가. 그의 문법이 내(네)가 수화기를 들고 있는 이 공간에까지 적응되는 것인가. 나(너)는 순간, 진실로 등골이 오싹해진다.

실로 심각하군요. 이놈의 성분을 분석해서 완전히 산화시켜버리면, 이로써 자살에의 욕망이 해소되고 저는 체념 모드로 들어갈 수 있을 텐데 말입니다.

하지만 그걸 과연 자살이라고 부를 수 있을까요? 나(너)는 갑자기 잠에서 깬 듯 느닷없이 물어본다.

아마도 그렇게 묻는 건 제 자신이 이미 분리되어 있음을 생각했기 때문이겠지요? 사실 저도 이 점을 인지했습니다. '죽은 나'와 '그 죽은 나를 바라보는 나'는 현재 엄연히 다른 존재지요. 하지만 동시에, 이건 여전히 동일한 나입니다, 그저, 존재 양상이 좀 다를 뿐이죠. 다소 억지처럼 보일 수도 있겠지만, 저는 이런 논리를 통해서라도, 제 자신이 지금 현재 여전히 자살을 할 수 있는 가능성을 보유하고 있다고 믿고 싶습니다. 즉 저 자신이 여전히 살아 있다고 믿고 싶은 거죠.

하지만, 처음에 말씀하시길, 당신은 이미 죽은 몸이라고 하질 않았습니까? 나(너)는 별다른 진척 없이 제자리걸음만 하는 이 '같잖은' 말장난에 실로 신물이 올라오려는 걸 간신히 참는다.

그렇죠, 사실이 그렇습니다만, 그럼에도 이렇게 믿고 싶다 이겁니다. 그러니 저는 체념할 수 없는 거죠. 동시에, 체념할 수 없기에 그렇게 믿는 것이기도 하구요. 인간의 이 본능적인 욕구를 어떻게 비난할 수는 없잖습니까? 사실 저는 제가 '죽은 나'를 바라볼 수 있는 경지에 이르면 더 이상, 욕망 따위를 가지는 일은 없을 줄 알았습니다. 이 절대 경지에 이르면, 바로 이로써, 나 자신으로부터의 절대 자유를 획득하게 되고 고로 더 이상 아무것도 욕망하지 않으리라고 생각했었던 것이지요. 하지만, 여기에 도달했음에도 욕망은 이전보다 더 거대한 형태로 도사리고 있더군요. 도대체 누가 무덤 뒤에는 어둠밖에 없다고 말했습니까? 휘황찬란한 신화적 불멸이나 신은 고사하고라도, 어둠이라도 있었더라면 좋았을 뻔했습니다. 정작 죽고 보니, 무덤 뒤에는 죽은 아이 때문에 억장이 다 무너져 내린 '죽은 나'가 있고, '그 죽은 나를 바라보는 나'가 있고, 이 '그 죽은 나를 바라보는 나'는 살아 있을 때와 전혀 다를 바 없이, 추악할 정도로 강하게, 아니 이전보다 더 강하게 삶을 욕망하고 있습니다. 바로 이게 제가 본 겁니다. 무덤 뒤에서도 무덤 이전과 전혀 다를 바 없는 삶이 전개된다는 것, 삶이 사실상 끝난 마당에도, 삶에 대한, 자살에 대한 욕망은 여전하다는 것, 바로 이걸 저는 참을 수 없는 겁니다.

거참, 문제가 심각하군요, 하지만 시간이 이제 거의 다되어가는 듯한데 말입니다, 라며 나(너)는 슬그머니 말꼬리를 돌려본다. 혹시 그의 시계도 나(너)의 시계처럼 완전히 멎어버린 것이 아닌가 싶어 대단히 걱정을 하면서 말이다.

후후, 이제야 그 말씀을 하시는군요. 실은 저도 그걸 기다렸습니다. 자살에서 시작하여 절대 자유로 이어질 뻔한, 이 지리멸렬한 욕망에 관한 말들을 어서 빨리 끝내고 싶었던 건 아마 당신이 아니라 저였을 테니까요. 하지만 암담하군요. 시계가 어느 지점에서 멎어버림으로써, 순간이 영원으로 변해버렸으니 말입니다, 하하하.

아니, 그럼 어떻게 해야 하죠? 이 심리 상담을 영원히 계속해야 한다는 생각이 불현듯 들자 나(너)는 동물적 공포를 느끼면서 절박하게 그에게 묻는다.

하하, 역할이 바뀌어버렸군요. 그걸 저에게 물으면 어떡합니까? 이런 건 당신이 더 잘 알지 않습니까? 해답은 아주 단순하죠. 문제는 누가 먼저 수화기를 내리느냐, 다음을 대비하여 어떤 식으로 하면 좀더 점잖게, 좀더 외교적으로 작별 인사를 할 수 있을까, 즉 연속적인 대화의 선 위에 어떻게 하면 좀더 '아름답게' 불연속적인 마침표를 찍을 것인가, 하는 것 아니겠습니까? 자, 이제 그만 저를 해방시켜주시죠. 저는 '죽은 나'의 뼛가루의 성분을 분석하는 작업을 시작해야겠습니다. 이런, 죽은 몸으로 도서관을 찾아다니고 실험실의 도구를 훔치러 다녀야겠군요. 이미 죽은 마당에, 자살을 하기 위해 이런 수선을 떨어야 하다니 이 몸이 가엾지 않수?

그의 마지막 말을 듣는 순간, 나(너)는 그럴듯한 맺음의 말이 생각난다. 진정으로, 당신에게 동정을 표합니다, 무엇보다도 당신에게 현실적인 도움을 줄 수 없었던 점, 참으로 유감스럽게 생각하며, 물론 이러기를 바라는 것은 아니지만, 다음번에 당신에게 모종의 문제가 생긴다면 다시 한 번 저희에게 전화를 걸어주십시오, 그때는 진정으로 당신에게 도움이 될 수 있도록 노력하겠습니다, 그럼 이만. 찰칵.

이렇게, 그가 일러준 대로 수화기를 내림으로써 나(너)는 그로부터, 그의 짜증스러운 문법틀로부터 완전히 해방된다. 그렇다면 이제 나(너)에게 남은 일은 조용히 집으로 돌아가 저녁 시간을 활용하는 것, 즉, 오늘 접수한 견본의 특성을 정리하고 일반화시키거나 골치 아픈 머리를 식히기 위해 가벼운 영화 한 편을 보면서 풍요로운 저녁 식사를 하거나 하는 것이다. 자, 지금 바로 사무실을 정리하고 일어나도록 하자.

결(結)을 위하여

— 이것이 요점인가? 더 하고 싶은 말은?

— 과연 나는 나를 용서할 수 있는가.

— 당신은 스스로에게 '용서'를 요구할 만한 어떠한 위대한 죄도 저지르지 않았다.

— 그러니 내가 어찌 나를 용서할 수 있겠는가

— 바로 그 점이, 이렇다 할 죄의 부재가 '용서'의 대상이 된다는 말인가?

— 내가 나 자신으로부터 자유로워질 수 없다면 어떻게 내가 나를 용서할 수 있겠는가?

— 테마를 하나로 한정하고, 부실하나마, 당신의 죄목을 기술하라.

— 온갖 구설과 잡설로 당신을 이 자리에 불러다 놓고 희롱한 그것.

— 보다 더 그럴싸한 것은?

— 태초에 타자와의 관계가 있었노라며 나 자신을 위로한다고 하더라도, 설사 그렇다고 하더라도 당신의 존재 속으로 지나치게 깊이 들어감으로써, 혹은 당신을 나의 존재 속으로 지나치게 깊이 들어오도록 방치함으로써 미필적 고의의 죄를 범한 것.

— 그렇다면, 나는, 이 자리에서 당신을 상대하고 있는 나는 나를 용서할 수 있겠는가.

작가의 말

『그러니 내가 어찌 나를 용서할 수 있겠는가』를 처음 쓰기 시작했을 때 만 21세였다. 막 등단을 했고, 대학원 진학을 앞두고 있었다. 꿈이 많았던 시절이었다. 서른 살이 되기 전에 도스토예프스키의 낭만성에 대한 책을 쓰고 싶었고 장편소설을 쓰고 싶었다. '그곳'에 가면 이 모든 꿈이 꼭 실현되리라는 턱없는 믿음이 시나브로 생겨나고 있었다. 하지만 '그곳'이 '이곳'으로 바뀌기가 무섭게 장밋빛 꿈은 진눈깨비 빛깔의 현실이 되고 말았다. 상트페테르부르크를 꿈꾸었으나 모스크바에 떨어졌고, 무수한 연구 자료들과 나의 설익은 생각들 사이에서 불면증으로 고생하는 날이 많아졌으며, 유학 첫 해 여름 자신만만하게 시작한 장편소설은 논문 작업에 밀려 완전히 뇌리에서 지워졌다.

재작년 겨울, 1996년 9월 이후 몇 번씩 폐기 처분했다가 또 다시 퇴고를 시도하곤 했던 이 소설의 원고를 다시 만지기 시작했다. 어학 연수 차 1년간 모스크바에 머물렀던 한 아이의, 어린 자식을 잃은 한 여인에 대한 지극히 산문적인 이야기와 어느 날 한국에서 날아온 어느 분의 지극히 시적인 문장, 정확히 '체념'이라는 한 단어가 삶과 사랑, 그리고 글쓰기의 응집소로서의 자살 테마를 완성시킬 수 있게 해주었다. 작가로부터 끝끝내 버려지고 만 '영원한 실패작'이자 '도스토예프스키의 원죄'인 『분신』에 비하면 이 소설은 운이 좋았던 셈이다.

원고가 한 편의 글로 완성되기까지는 거의 6년이, 책의 모양을 갖추기까지는 7년에 가까운 시간이 걸렸다. 그동안 처음 원고의 절반 가량을 미련 없이 흘려보냈고, 한때는 절실했던 것이 이제는 담담한 미적 대상이 되어버렸다.

그리고 나니 새해 겨울 부산에서 모스크바로 들려온, 어느 새 환갑을 바라보고 계신 아버지의 애틋한 말씀대로 나도 조만간 서른이 된다. 지금 이 순간, 21세 때 내가 가졌던 야망을 닮았던 꿈들은 한 가닥 청승맞은 한숨으로 바뀌어버린 듯하다—카프카의 '집으로 가는 길.'

이 소설의 화두를 제공해주신 「얼음의 도가니」의 작가 최수철 선생님께, 그리고 몇 년 전 이 소설의 원고를 되돌려 주시며 뼈아픈 충고를 해주셨고 더불어 이 소설을 끝맺음하게 해주신 이인성 선생님께 감사드린다.

2003년 2월, 모스크바에서